現代北海道文学論

来るべき「惑星思考《プラネタリティ》」に向けて

岡和田晃・編
OKAWADA Akira

岡和田晃
渡邊利道
石和義之
宮野由梨香
倉数茂
忍澤勉
田中里尚
松本寛大
横道仁志
東條慎生
藤元登四郎
三浦祐嗣
藤元直樹
巽孝之
高槻真樹
齋藤一
丹菊逸治
川村湊
河﨑秋子

藤田印刷エクセレントブックス

現代北海道文学論——来るべき「惑星思考《プラネタリティ》」に向けて

はじめに

岡和田晃

北海道文学を抜本的にアップデートすること。一言で説明すると、それが本書の試みである。あなたは北海道文学と言われたら、いったい何を想像するだろうか。地元出身の作家を顕彰すること？　あるいは単なる地域資料？——いずれも現在の自分と無縁な、カビの生えた回顧にすぎないと思っていないか？

そうだとしても、やむをえない。大学で研究される日本近代文学の伝統は、あくまでも「東京」という「中央」を基盤としており、北海道をはじめとした「周縁」は、付け足しに留まることが多いからだ。ジャーナリズムは、しばしば、「田舎臭い」と「地方」の文学を軽視する。対し、新しい文化として喧伝される「ゆるキャラ」的なサブカルチャーは、高度資本主義と密着する形で、地域の歴史をめぐる政治性を、どこまでも希薄化させてしまっている。

これらの潮流へのカウンターとして、アカデミズムとジャーナリズムを架橋し、既存のジャンルをまたぎ超えながら北海道文学を再提起していくことが、まさしく本書の目論見なのである。

実のところ、グローバリゼーションの波に覆われた一九九〇年代以降、「北海道文学とは何か」をめぐる議論は、すっかり停滞してしまっていた。先行きのない老いた文化だとみなされている。

しかしながら、本書で語られる北海道文学は、その種の退嬰とは無縁である。北海道文学について考えることで、二一世紀的な「現在」を把捉する新たな視座を獲得すること。すなわち、読者の世界認識を刷新するものとして、風土性を再考することこそを目指しているからだ。

リアルタイムで書かれている作品や活躍している作家を取り上げるだけではない。これまでの北海道文学研究の成果をも取り入れつつ、見過ごされた問題をクローズアップさせている。本書の執筆者の多くは北海道出身者ではないことが、よくある地域振興本とは一線を画している証拠になるはずだ。

本書の大部分は、「北海道新聞」でのリレー連載をベースに再構成したもの。「現代」と銘打つ以上、執筆時の政治的・文化的な状況を正面から引き受けて書かれており、新聞掲載後に生じた付記すべき事柄については、改稿や【追記】という形でフォローした。

一般読者が入りやすい平易な記述を心がけており、ハンディなブックガイドとして読めるようにもしているが、内容面では「論」と呼んで恥じない強度を有するに至ったと自負する。

なお、本書の姉妹編に、『北の想像力――〈北海道文学〉と〈北海道SF〉をめぐる思索の旅』(寿郎社、二〇一四年)がある。『北の想像力』を読まずとも本書は問題なく愉しむことができるが、本書が生まれるきっかけとなった本なので、ぜひとも併読していただきたい。

現代北海道文学論——来るべき「惑星思考《プラネタリティ》」に向けて＊目次

補遺

第一部　「北海道文学」を中央・世界・映像へつなぐ

「惑星思考《プラネタリティ》」で風土性問い直す時

岡和田　晃

札幌の出版社・寿郎社から『北の想像力――〈北海道文学〉と〈北海道ＳＦ〉をめぐる思索の旅』（以下、本書）という四〇〇字詰原稿用紙で二千枚を超える大著を上梓することができた。二〇一四年五月のことである。「読者にとって、一生モノの本にしたい」という版元の土肥寿郎社長の想《おも》いのもと、二〇名の作家・評論家が総力を結集したのだが、そこではＳＦという切り口を採用した。ＳＦとは科学批判を軸に想像力を広く扱う自由な分野であり、小説のみならず映像やゲーム、音楽など、多様な作品を包含することができるからだ。同書は第三五回日本ＳＦ大賞の最終候補作となり、『ＳＦが読みたい！　二〇一五年版』（早川書房）では［国内編］第八位にランクインした。いずれも二〇一四年度に全国で刊行されたＳＦに関する評論で、最高の評価を集めたことになる。

「北海道新聞」紙上でも、北海道立文学館の谷口孝男氏や神谷忠孝氏が、『北の想像力』を論じた。書評にて、谷口氏は、『北の想像力』が地方というものを「風土的」に捉えることに拘泥している、という趣旨の指摘をした（二〇一四年九月二一日付「北海道新聞」朝刊）。また神谷氏は、風土的なものを基軸とした「北海道文学」とは別個の視点を『北の想像力』は訴えた、という意味の理解をした（同一二月一六日夕刊）。一見、正反対のようにも見えるが、私はこれらの指摘を、『北の想像力』を経由することで、「北海道文学」とそれを形作る「風土性」とは何かを改めて問い直す時が来た、との積極的な提言だと受け止めた。

いまでも「北海道文学全集」全二二巻＋別巻（一九七九〜八一年）を図書館でひもとけば、北海道文学の実物にアクセスすることは可能である。この全集は「北海道の文学を歴史的にトータルに組み込み」、「時代を追いかけながらテーマをまとめる」方法で編まれたものだった（小笠原克＋木原直彦＋和田謹吾「座談会『北海道文学全集』を語る」）。この段階での「北海道文学」には、札幌農学校のようなアメリカ的ピューリタニズムの精神が根付いていた。有島武郎、島木健作、伊藤整、小林多喜二らの作品にそれは顕著だ。だが、そうした構図は先住民族であるアイヌを「滅亡」したものとすることで成り立っている（村井紀「近代文学とアイヌ民族――純血幻想をこえて」）。加えて戦後は、当のアメリカに敗れ占領されてしまったという屈折から、風土的な想像力の行き着く先にはヨーロッパ的なイメージが二重写しになっていた（喜多香織「戦後『北海道文学論』の中の北海道」）。

ヨーロッパとしての北海道。その傾向を代表するのが、原田康子『挽歌《ばんか》』（一九五六年）や荒巻義雄『白き日旅立てば不死』（一九七二年）だろう。とりわけ後者は、ＳＦの傑作としても知られているが、それと同年刊行の中野美代子『北方論――北緯四十度圏の思想』は――北海道文学が論じられる際に前提となっていた――風土が芸術を規定するという仮説を厳しく批判するものだった。さらに『北方論』は、「世界においてもっともおそくに認識された」場所として北海道を位置づけながらも、それが内包する「北方性」は「全地球的な空間」に通じるはずだとも指摘した。

この雄大なスケール感は、比較文学者ガヤトリ・Ｃ・スピヴァクが二〇〇三年に提示した「惑星思考《プラネタリティ》」の発想を三〇年も先取りしている。グローバリズムと高度資本主義に席捲《せっけん》された状況下、旧来の文学は無力化したと非難される。だからこそ、ヴァーチャルに制御可能だという幻想を与える「地球《グローブ》」ではなく、人類文明以前から連綿と続く他者性を前提にした「惑星《プラネット》」へ風土性を重ね書きするアプローチが召喚されなければならない（巽孝之『モダニズムの惑星――英米文学思想史の修辞学』）。

実はこれこそは『北の想像力』の問題意識にほかならない。それを引き継いで書き始められた今回の企画では、現代の北海道文学を広く鋭く論じることで、北海道文学の現在がどのようなものかを明確化し、想像力の可能性を拓《ひら》いていきたい。

＊

「現代北海道文学論」は、かつて北海道内の文芸誌や新聞紙上で繰り返し論じられてきた「北海道文学」の特質や可能性を、現代の視点であらためて捉え直すという試みだ。執筆は岡和田晃を監修者として、『北の想像力』(二〇一四年、寿郎社)の筆者陣が、作家論、作品論、ジャンル論などを「北海道新聞」紙上で展開し、そちらが本書の原型となった。同紙における本格的な文学論の連載は、およそ半世紀ぶりとなる。なお、『北の想像力』や本連載については、日本近代文学会の学会誌「日本近代文学」九五集(二〇一六年)にも背景を記している。

岡和田晃編「北の想像力」は、日本SF大会参加者らが投票で選ぶ「第四六回星雲賞ノンフィクション部門」の参考候補作六作にも選ばれた。特設サイト「『北の想像力』ポータル」(http://genshisha.g2.xrea.com/north/index.html)には関連情報が集積されている。

円城塔
――事実から虚構へダイナミックな反転

渡邊　利道

円城塔《えんじょうとう》（一九七二年、札幌市生まれ）は理系の研究者のキャリアを活《い》かして、二〇〇七年に純文学とＳＦの二つのジャンルで同時デビューした風変わりな作家だ。二〇一二年に芥川賞、日本ＳＦ大賞特別賞、さらに英訳された作品が二〇一三年の米国フィリップ・Ｋ・ディック賞特別賞を受賞。いまやジャンルのみならず国境をも越えて高い評価を受ける現代日本を代表する小説家の一人となった。

二〇一四年の春から「ＳＦマガジン」（早川書房）と「文學界」（文藝春秋）という二つの雑誌に同時に長篇小説を連載。『エピローグ』と『プロローグ』という題名が示す通り、相互に連関した内容を持つ二作品で、どちらも二〇一五年四月に無事終了した。文芸誌とＳＦ専門誌というかなり隔たった場所で、互いに参照されることを要する二つの長篇《ちょうへん》を同時に進行するという試みは、円城塔というジャンル越境的な作家にとって必然的なものだったに違いない。わけても『プロローグ』という作品は、作家の新しいサイクルの始まりを告げる傑作である。

本作でまず一番の眼目は、語り手がコンピュータを思わせる「小説を書く機械」であることだ。「機械が小説を書く」というのは、円城作品では非常に大きな鍵となる考え方である。たとえば円城塔という筆名は、複雑系生物学者である金子邦彦の小説に登場する「物語生成プログラム」から取られたものだ。また後年の芥川賞受賞インタビューで、円城は「小説製造機械になるのが夢です」と語っている。この作品はその「夢」をその言葉通りに展開したとでもいうべき作品なのだ。

小説を書くためにさまざまな日本文学に関連するデータベースを実装し、連載原稿をウェブ上のソフトウエア開発サービスで公開するなどコンピュータの機能を縦横に用いて悪戦苦闘する物語が、そのまま小説の内容になるという自己言及的な円環構造。作者はこのメタフィクション的な自己言及性を作中で「私小説」であると言い、自身の実生活や経歴も小説内に取り込んでいく。このため、これまでの円城の作品には出身地である北海道に関する記述がほとんど見られないのだが、本作ではいくつもの地名や名所が登場。北海道人としての感慨が語られる。たとえば季節感。「日本の四季というものは、かなり限定的な近畿圏のごく一部を描写するために構築された、ドメイン固有言語（ＤＳＬ）の関数群なのではないか」と、いかにもコンピュータ的な用語で「内地」での雷や台風などの大きさに戸惑う記述がある。

「英多にとって歴史とは、コシャマインでありシャクシャインであり、神話というとコロポックルでありキムン・カムイである」と登場人物の一人が語る。「ここで（略）歴史というのは、いわゆる大和の歴史ではなく、アイヌの歴史に属している。あるいはオホーツク文化圏ということだろうか」と続く。これらは非常に自然な「北海道人」のあり方の一つに見える。

ところが語り手はすぐさま「英多にとってはオホーツク文化も擦文文化も全く区別がついていないのであり、アイヌの歴史の方をなにとなく自分の歴史と感じるのは、アメリカ人がアメリカ州の先住民族の歴史を自分の歴史と感じるようなものでどこかが奇妙に捩じれている」と言う。そして正史よりも明らかな偽史に、由緒正しき史跡よりも札幌・滝野霊園のモアイ像に魅力と親近感を抱く。さらには小説内で語られる、作家が実際に行った講演の内容や、札幌の地下通路の名称などが事実から離れて複雑に捩じれた奇想へと変容していく。人間としての円城塔の経験した事実が、「小説を書く機械」によって虚構へと反転させられていく螺旋《らせん》的な構造は、ともすれば静的な印象を受けることが多いメタフィクション的な作品にダイナミックな力強さを与えている。

ここには北海道人の人間的な経験に根ざした「風土性」を、いかにして想像力が捉え直していくのかという問いに対する一つの答えがある。

【追記】その後、『エピローグ』は二〇一五年九月に早川書房から、『プロローグ』は同年一一月に文藝春秋から単行本が刊行され、両作とも二〇一八年二月に文庫化された。また二〇一七年に短篇集「文字渦」で第四三回川端康成賞を、二〇一九年には連作短篇集『文字渦』で第三九回日本SF大賞を受賞した。

二〇一六年の文庫化の際に、出版社の壁を超えて同じイラストレーターによる同一コンセプトと装丁が施され、より連作であることがクローズアップされている。

山田航
――平成歌人の感性の古層に潜む「昭和」

石和　義之

今や平成短歌の期待の星である山田航《わたる》は、一九八三年に札幌市で生まれた。二〇〇九年に角川短歌賞と現代短歌評論賞を受賞後、二〇一二年に第一歌集『さよならバグ・チルドレン』(ふらんす堂)を発表し、同書は第二七回北海道新聞短歌賞を受賞した。タイトルにある「バグ」という言葉は、コンピュータのプログラムミスによる不具合を表す用語に由来する。思うようにデバッグ作業(不具合解除)ができない自身の不器用な青春を振り返って、山田は次のように述懐する。「デバッグ用語で、適切なフラグが立たず先に進めなくなることを『ハマり』と呼ぶ。私の二十代前半はまさにハマりを繰り返す迷走の日々だったように思う」

あくまでも山田自身の人生を語った言葉だが、同時にそれは図らずもバブル崩壊後の迷走する日本の姿を言い表してもいた。自信を喪失し敗北感を滲《にじ》ませる当時の日本の雰囲気を山田の言葉は的確にとらえていた。「走らうとすれば地球が回りだしスタートラインが逃げてゆくんだ」。少なからぬ人が九〇年代から二〇〇〇年代にかけてスタートラインが見えぬ焦燥感を味わっていた。

ところで「バグ」には「不具合」と同時に「虫」の意味もある。同歌集には「泣き虫も弱虫も虫《バグ》　夏空に飛び交ふものをふたり見てゐた」という歌もある。コンピュータに代表されるIT技術によって世界がグローバル経済の渦に巻き込まれる状況下で虫のような縮小感を強いられること。山田のような若者のみならず不況に喘《あえ》ぐ日本が状況から手渡されたものはそれだった。「たぶん親の収入超せない僕たちがペットボトルを補充してゆく」という歌は、高度成長神話が完全に崩壊したことを告げるものとして記憶されるだろう。

生き物にまつわるイメージのヒエラルキーにおいて下位に置かれがちな虫ではあるが、虫という生物はしぶとい生存本能をも持ち合わせている。「ハマり」を繰り返す二〇代前半の中で山田は、短歌と深く関わることで生のバランスを保つことに成功した。北海道新聞短歌賞受賞時のインタビューによれば、二一歳の頃から、寺山修司や石川啄木、穂村弘の作品に親しみ、とりわけ社会人となってからは厳しいストレスから逃れるように短歌の世界にのめり込んだという。政治哲学者のハンナ・アーレントに「親密性」という概念がある。戦前のドイツのような全体主義的な体制の中では親密圏に引き籠《こも》って一人で思索することがひとつの抵抗に成り得るとされる。山田は環境の重圧から身を守る虫を模倣するかの如く、インターネット上で短歌評論に没入し、危うい生のバランスを保った。その成果は、穂村弘との共著『世界中が夕焼け』へと結実し、好評を得た。

平成の若者の希薄化した生の風景を掬《すく》い取るのに巧みな山田であるが、彼の文学的感性の古層には昭和が隠されているようだ。もちろん、一九四六年に帯広市で生まれた時田則雄の「トレーラーに千個の南瓜《かぼちゃ》と妻を積み霧に濡《ぬ》れつつ野をもどりきぬ」のようなモノの実在感に溢《あふ》れる風景を、山田は詠うことはできない。けれども山田は、おそらくは寺山修司の作品を通して古風な昭和的熱情を確実に受け取っている。もはや平成には実在しない幻視された北の風景を、リバイバルされた昭和歌謡のような調べにのせて次のように詠う。「老狼《ろうおう》はしろがねの毛を逆巻きて北走るゆゑに北に死すべし」。矢吹丈(『あしたのジョー』)の面影が宿るこの狼《おおかみ》が「老狼」であることに注意しよう。ここで詠われた世界はやはり古き時代の物語なのだ(丈は生きていれば還暦過ぎの老人である)。寺山の「〈サンドバッグをわが叩《たた》くとき町中の不幸な青年よ　目を醒《さ》ませ〉」の世界と通じ合って、狼であることが何ごとかであった昭和の気概を想起させる。

山田の狼の歌といい、寺山のボクサーの歌といい、平成のゆるキャラ的な感性とそりの合うものではない。だがこの懐かしさには胸を熱くさせるものがある。北海道をも含めて日本全体の風景がなし崩し的に精神的な飢渇を忘却してゆく状況にあって、山田の中に秘匿された寺山修司の遺伝子が風景を突き刺す言葉となることを期待したい。

【追記】二〇一五年にアンソロジー編著『桜前線開架宣言』（左右社）、二〇一六年に歌集『水に沈む羊』（港の人）、エッセイ集『ことばおてだまジャグリング』（文藝春秋）を発表し、現在も現代短歌の普及に精力的に取り組んでいる。

石川啄木や寺山修司の通俗的叙情性を引き継ぎつつ、穂村弘のヴァラエティー番組ふうのポップさも併せ持つ山田の歌の言葉は、旧《ふる》い短歌読者は違和感を抱くかもしれないが、世界の豊かな表情を読む者に瑞々《みずみず》しく伝える。

池澤夏樹
——始原を見つめる問題意識

宮野　由梨香

池澤夏樹——終戦一カ月前、帯広市で誕生。埼玉大学で物理学を学んだ。

池澤の名を高からしめたのは『スティル・ライフ』という作品である。一九八七年下半期芥川賞を獲得した本作には、佐々井という不思議な人物が登場する。「鍋や茶碗《ちゃわん》の類は最小限。家具は持たない。寝具はシュラフ」と語る彼は、「しばらく前までは、人はみんなぼくみたいだった」と言う。「しばらく前って？」と主人公に尋ねられて、「一万年くらい。心が星に直結していて、そういう遠い世界と目前の狩猟的現実が精神の中で併存していた」と返す。

この「一万年」と「狩猟」という言葉から思い出すのは、農耕牧畜の歴史はたかだか「一万年くらい」なものだということである。それ以前の狩猟採集の時代は数百万年に及ぶ。この一万年の人類の歴史は、農耕牧畜民による狩猟採集民の圧迫・駆逐の過程だ。それは、明治期の北海道を主な舞台とした池澤作品『静かな大地』（二〇〇三年）にも描かれていた通りである。

佐々井の言葉や生き方は、現代の我々《われわれ》の中に湛《たた》えられている始原を呼び覚ます。それは人類史的な始原に限定されない。

水の入ったグラスを見つめつつ、「ひょっとしてチェレンコフ光が見えないか」と、佐々井は言う。宇宙からグラスに毎秒一兆くらいの微粒子が降ってくる。それが水の原子核と衝突して発する光を見ることができる確率はごく僅《わず》かだ。だが、彼はそれを見ようとする。

このような場面に池澤作品の真骨頂がある。物理学を修めた者だから描けた場面というより、始原的なるものを見つめる問題意識が、池澤に物理学を学ばせたのだろう。

見ることができなくても我々の内にも外にも湛えられているものを、池澤の作品は我々に意識させてくれる。

例えば『氷山の南』は一人の少年の目を通して近未来を描いた海洋冒険小説であるが、その主人公ジンは北海道に生まれた。一五歳でオーストラリアの高校に進学。高校を卒業したジンは、「氷山が見たい」という気持ちにかられ、氷山曳航《えいこう》を計画する組織の船に乗り込む。

始原的なるものが、多分、ジンを動かしている。同じく、作者の執筆エネルギーにもなっている。

ひときわ強い印象を残す場面に次のようなものがある。

氷山の上に立ったジンは、氷の表面に埋もれた小石を発見する。小石がここに入るとしたら、やって来る場所は空からしかない。分析したところ、やはり、それは隕石《いんせき》だった。何万年も前に南極大陸の棚氷に落ちたものだ。それを自分が手にしたことに、ジンは高揚する。しかも、それは「始原的隕石」、今まで一度も星にならずに宇宙空間をただよっていたものだった。ジンはそれを「宇宙そのもののかけらだ」と考え、愛用のムックリ（アイヌ民族の口琴）のケースの中に入れて持ち歩く。

氷山の上でのムックリ演奏と隕石をもとに広がるビジョンが、ジンの心を「存在することの喜ばしさ」という、まさに始原的なイメージへと導く。

宇宙の始原を象徴するものが隕石なら、自らの始原を象徴するものが、ジンの場合、ムックリの音なのだ。

船を降りたジンがこれから赴くのはどこなのか示されていないが、彼はこれからも自分の意識が向かう方向を信じ、ムックリを、そして隕石を手放さないだろう。

楽器には演奏者が必要だし、どこかの星に受け止められてこそ、宇宙塵《ジン》は隕石と呼ばれるようになる。

池澤夏樹は二〇一四年から北海道立文学館の館長をつとめているが、それもやはり始原的なるもの、「ムックリの音と隕石」にあたるものを見つめようという問題意識からなのだろう。池澤は個人編集による「世界文学全集」についで「日本文学全集」を刊行中であるが、自ら訳した第一巻「古事記」が異例の売れ行きを示し、話題となった。画期的な絵本『宇宙のつくりかた』(絵＝佐々木マキ)、東日本大震災に関しての考察をまとめた『春を恨んだりはしない』など、その活動は多様である。

一見、全く異なるかのような仕事も、その根本は同じだ。

始原に発するメロディが、啓示の隕石を呼び寄せる。

【追記】池澤夏樹が北海道立文学館の館長をつとめたのは、二〇一四年八月から二〇一八年六月まで。個人編集による「日本文学全集」は、二〇一七年に全三〇巻の刊行が完了している。

『氷山の南』(二〇一二年、文藝春秋刊)は二〇〇九〜一〇年、北海道新聞などの朝刊に連載。アイヌ民族の血をひく一八歳の少年ジンは、氷山曳《えい》航《こう》計画に興味を持ち、オーストラリアの港でひそかに船へ乗り込む。時に、二〇一六年。冒険が始まる。

桜木紫乃
――「ごくふつう」の生　肯定する優しさ

渡邊　利道

桜木紫乃は一九六五年釧路市生まれ。高校卒業後、裁判所勤務を経て結婚。夫の転勤に伴い網走、留萌などで生活し、二人の子供を育てながら「北海文学」などの同人誌に参加して研鑽《けんさん》を積む。評論家鳥居省三などのすすめで商業誌への投稿をはじめ、二〇〇二年にオール讀物新人賞を受賞。「一〇〇〇枚書いて九五〇枚を没にする年もあった」という苦難を乗り越え、二〇〇七年ついに最初の単行本を刊行。二〇一三年に長篇『ラブレス』が島清《しませ》恋愛文学賞に輝き、続いて直木賞を獲得した『ホテルローヤル』は、五〇万部を越えるベストセラーとなった。

一四歳のときはじめて読んだ小説が原田康子の『挽歌《ばんか》』。自分が暮らす釧路が舞台となっていることが面白くてしょうがなかったという桜木は、自作でも釧路を中心にみずからが生活したことがある町を描くことが多い。『挽歌』では釧路はまるでフランス映画の港町のように美しく造形されているが、桜木はその作品の多くで、道東の厳しい自然をどこにでもいるありふれた登場人物たちの孤独や鬱屈《うっくつ》を映し出す鏡として、よりリアルに描く。

出世作の『ラブレス』は、昭和一四年に夕張から標茶（釧路管内）の開拓村に移り住んだ貧しい一家に生まれた姉妹を中心に、その母と娘の三代に渡る長い年月を描いた長篇小説。年代記的な作品だが、桜木はその時代を表すのに流行歌や世情を騒がせた事件をほんの数行記述するだけだ。戦前から戦後へと移り変わる北海道という土地の歴史や文化を、全体的に把握するような視点は採らず、作者はただ登場人物たちの生活の細部から立ち上る感情を濃密に描く。そこには経験に裏打ちされた皮膚感覚でとらえられた人間性への洞察のみがある。

桜木は、よく読者から登場人物をひどい目にあわせると非難されるのだそうだ。『ラブレス』のときには「極貧小説」と評され、「ごくふつうに」書いたつもりだったので驚いたと言う。身内の縁が薄い人たちや、恋愛を描いてもロマンティック・ラヴとはほど遠い冷めた関係を描くことが多いが、それもまた、広大な北海道では、少し土地を離れただけで簡単に疎遠になってしまうのだと、みずからの経験をもとに桜木は「ごくふつう」のこととして語る。

このような人間関係を描く技法として、一人の人物を、物語内部での時間や視点人物を一回ごとに変え、多面的に描いていく連作短篇というスタイルを、桜木は非常に巧みに用いる。複数の登場人物の眼《め》の、それぞれに異なった視線によって浮かび上がる複層的な人物像。丁寧に描かれるほど、決して十全に理解されない他人の内面が、行間や余白にこぼれ落ちていく。誰もが誰のことも真正には理解できないのに、誰もが誰かに想《おも》いをかけずにはいられない孤独な人間のありように、厳しくて優しい眼差《まなざ》しを注ぐ。

『ホテルローヤル』もそのような連作小説だが、ここで作品の中心となっているのは人物ではなく、表題となるラブホテルである。はじめに廃墟《はいきょ》となった状態で登場し、しだいに時代をさかのぼって開業のエピソードで終わる全七篇。釧路を舞台としているが、どこにあっても似たり寄ったりの場所であるラブホテルという舞台の設定にふさわしく、どこでもあるような寂れた地方都市という造形で、ほかの桜木作品で描かれる風景とは微妙に異なる。ゆるやかに連関した人物たちの、ある短篇で何気なく語られるエピソードが、続く一つ二つ先の短篇で描かれる物語の結末を前もって知らせる。抱かれる夢も愛も叶《かな》えられはしない。その幸福な無知とでもいった姿に、読者は微苦笑を漏らさずにはいられない。どちらかといえばシリアスで重い作品が多い桜木の小説の中で、この苦いユーモアを湛《たた》えた軽さは、この作品がひろく全国的なベストセラーとなった大きな要因だろう。

格差の固定化が進み、失敗するとやり直しがきかない社会だと指摘される現代の日本。とくに地方においては状況はさらに過酷である。夢破れ心も身体も擦り切れてしまったとしても、その生を「ごくふつう」のこととしてまるごと肯定する桜木作品の優しさが、多くの読者の共感を呼んでいるのだ。

【追記】『ホテルローヤル』は二〇一五年六月に集英社文庫に収録。二〇一六年、『蛇行する月』で第一回北海道ゆかりの本大賞を受賞。釧路を舞台に同市出身のタレントであるカルーセル麻紀の青春時代を描いた長編小説『緋の河』を、北海道新聞（中日新聞、東京新聞、西日本新聞にも同時掲載）で二〇一七年一一月から二〇一九年二月まで連載、同年六月に新潮社から単行本が刊行。また、二〇一三年より釧路市観光大使に任命されている。

『ホテルローヤル』（集英社文庫、二〇一五年）は、もともとは「廃墟ヌード」という企画ものの短篇だった。好評を得て連作になり単行本にまとめられた際に、モデルとした実家のホテルが廃業したと知ったという。「運命」という言葉が似合う作者らしいエピソードだ。

村上春樹
――カタストロフの予感　寓意的に描く

倉数　茂

村上春樹は一九四九年京都市生まれの小説家。現時点で、世界でもっとも読まれている日本人作家といっていいだろう。『羊をめぐる冒険』『ねじまき鳥クロニクル』『1Q84』といった代表作では、しばしば、北海道、満洲、樺太といった地域が重要な意味をもって登場する。村上の作中に現れる北方の諸地域は、しばしば異界への通路を隠し持っているようなのだ。

「UFOが釧路に降りる」は、「地震のあとで」と題された連作の第一篇として発表され、短篇集『神の子どもたちはみな踊る』に収められた。所収の短篇はいずれも、阪神淡路大震災とオウム真理教事件を隠れた主題としている。

主人公の小村は、オーディオショップに勤める三〇代のセールスマン。五年前の結婚以来、仕事も家庭も順調で、さしあたり不満のない日々をおくっているはずだった。ところが大震災の直後に、突然妻が家を出ていってしまう。失踪の直前、妻は大震災のテレビ映像をとりつかれたように凝視していた。

妻がなぜ夫を捨てたのか、作中で明瞭な説明は与えられない。しかし彼女の姿には拭いがたい死の影がまつわっており、死出の旅路に出たようにどうしても感じられる。そして妻の失踪と呼応するもうひとつの魅力的な謎が仕掛けられている。喪失感に苦しむ小村に、同僚の一人が気分転換を兼ねて、釧路市に小荷物を届けて欲しいと頼む。さして重くもない小箱。その「骨箱のようなもの」を提げて小村は釧路市に飛び、そこで同僚の妹とその友人のシマオさんに迎えられる。そのあと、小村はシマオさんと寝る。

この小箱の中身も最後までわからない。だがこれは明らかに開かずの間や玉手箱といった神話的な原型に通じている。開けてはいけない箱。開ければ必ず災厄が飛び出す箱。古来の物語では、こうした開かずの間や開かずの箱は必ず異界と結びついていた。そしてそこには人に別世界を垣間見せる巫女《みこ》的な女もいた。乙姫や鶴女房といった異類の、マレビトとしてやってきては性の魅惑で男をとらえる女たちだが、箱をあけたとき、男はあちらの世界に直面してたじろぐ。

その意味でシマオさんも、また突然消えた妻も、彼女らの眷属《けんぞく》にちがいない。これはありふれた男が女たちによって、この世ならぬ場所へと導かれていく物語なのである。

では、小村が運んだ小箱には何が入っていたのだろうか。それは大地震と重ねあわされたカタストロフの記憶――あるいは予感――ではないだろうか。テレビモニターという「箱」の内部で燃え盛る都市の光景は否応《いやおう》がなく太平洋戦争末期の空襲を思い出させた。それは確かに〝戦後〟の起点を想起させ、同時にその終わりを予感させるものだった。

一九九〇年代半ばに、村上春樹は都市生活の孤独をどこかナルシスティックに描く青春小説の名手というそれまでの顔を捨て、戦後の暗部を神話的な手法で追求する作家へと変貌していく。『神の子どもたちはみな踊る』はどれも、大震災と地下鉄サリン事件という出来事が、日本人の精神に与えた外傷の寓意《ぐうい》的ドキュメントである。

村上は自作につけた「解題」で、少年時代の地である神戸の地震を直接描きたくなかった、むしろ「べつのもの」に託して語ろうと思ったと述べている。「釧路」という場所も、神戸ともサリンとも関わりのない「べつのばしょ」だからこそ舞台に選ばれたといっていいだろう。しかし、「べつ」の物事こそがつながっている、というのが村上的想像力のありかただ。

物語の末尾、小村は自分が巨大な暴力の淵《ふち》に立っているのを実感する。この暴力こそ、秘《ひそ》かに小箱のなかで解放を待っている畏怖すべき亡霊に違いない。わだかまりつづけた戦争の記憶。殺した記憶と殺された記憶。その亡霊は、一九九五年からさらに二〇年以上を経た現在（二〇一五年時）も姿を消していない。

核の記憶を呼び覚ました東日本大震災以来、日本人は以前にもまして、戦争、災害、テロといったカタストロフの予感に苛《さいな》まれている。村上が描きつづけている悪夢の内側をさまよう人物は、暴力の予感から逃れられずにいる、私たちの姿にほかならない。

【追記】村上春樹の短編「ドライブ・マイ・カー」が『女のいない男たち』（二〇一四年）に収められる際、作中における宗谷管内中頓別町への言及が、架空の地名に差し替えられた。北海道文学史において同町は、哲学者・斎藤忍随を生んだ町として記憶されている。

『神の子どもたちはみな踊る』（新潮社、二〇〇〇年）は、村上が地下鉄サリン事件の被害者にインタビューした『アンダーグラウンド』（一九九七年）、オウム真理教の信者にインタビューした『約束された場所で』（一九九九年）の後に書かれた。写真は新潮文庫版（二〇〇二年）の表紙。

佐藤泰志

――「光の粒」が見せる人の心の揺らぎ

忍澤　勉

佐藤泰志が自殺して今年で二九年となる。彼は最後の小説「虹」の原稿を一九九〇年一〇月九日に編集者へ渡し、翌一〇日の朝、自宅近くの植木畑で四一年の生を終わらせた。一九四九年に函館市で生まれた佐藤は、中学の文集には四〇代で芥川賞受賞と書く。高校時代に有島青少年文芸賞優秀賞を二度受賞。その「青春の記憶」では主人公が自殺を仄《ほの》めかしている。また「市街戦の中のジャズ・メン」は改稿の上、「北方文芸」に掲載された。一九七〇年に大学入学のために上京。以降、五回ほど芥川賞候補に挙がるが受賞には至らなかった。

『海炭市叙景』は雑誌に連載された後、死後の一九九一年に刊行された未完の連作集で、函館がモデルの海炭市に暮らす燃料店社長、失業者、中学生、路面電車の運転手、プラネタリウム職員など、バブル経済の恩恵に浴さない人々の物語が一八篇ほど綴《つづ》られている。

第一章の「まだ若い廃墟《はいきょ》」では、失業中の兄妹が元日の未明、山の展望台から海炭市を眺めている。彼らの父はすでに炭鉱で事故死していた。二一歳の妹は夜景を見ながら、街に住む人々は「夜景の無数の光のひとつでしかない」。光がひとつ消え、ひとつ増えることなんて、街に来る人にはどうでもいいことだ、と思う。そして兄は一人で下山中に遭難する。だが彼女は、兄の死を含めて「あやまらない。誰にもあやまらない」と決意する。

「一滴のあこがれ」は、一四歳の少年がズル休みして記念切手を買うために街へ出る。彼は今までの暮らしになかった山を眺め、まるで「身体の内に山の細かい粒子になった発光体が入りこんでくる」と感じる。彼はある青年が数日前に山で死んだことに気づく。そして映画「ミツバチのささやき」を観《み》ることを決め、フランケンシュタインに見入る映画の少女と同じまなざしで、山を眺めると身体の中に、「虹色の輝きが走り抜けた気がした」。それは女の人を知ることとの予感だった。

「週末」では五二歳の路面電車を走らせている運転手が、出産間近の娘を思う。もうすぐ光の粒がひとつ増える。彼は元スラム街の出身者である若者と娘の結婚を許した。若者は廃品回収で街中を歩いた親にこだわりを持たず、自分はトビ職としてビルから街を眺めていると話す。運転手も慈しむように街を眺める。路面電車がカーブを曲がる時にスパークする光が人を惹《ひ》きつける。それが一四歳の少年の感じた虹色の輝きだった。路面電車は何度も光を放ちながら、山裾に向かって進む。

第二章最後の「しずかな若者」では、一九歳の大学生が親の別荘で過ごす。父はこの近くの共同墓地も買っていた。学生はこの墓地を意識しつつ本を読み、女の子を抱き、バーでジャズを聴く。すでに両親は各々《おのおの》に別の暮らしを選んでいる。バーのマスターはピアノを止《や》めたことを、「そうきめたんだ」とだけ話す。そして無為な日々を送る彼も何かの始まりを感じる。「それは車がカーブを曲がったその時」なのかもしれない。

佐藤は絶筆「虹」の最後で、カーブを曲がった時、主人公に大きな虹を見せている。またしてもカーブだが、その虹とは路面電車のスパークに具現する死者たちの、光の粒の集成ではないだろうか。

類作の前例とされるシャーウッド・アンダーソンの小説『ワインズバーグ・オハイオ』やソーントン・ワイルダーの戯曲『わが町』にも、死の影が色濃い。特に『わが町』では死者の視点から刹那《せつな》なる生者の意味が解かれている。

佐藤のエッセイ「もうひとつの屋上」では、小説の視点として「展望台」と「屋上」、そして「街の細部」を挙げている。それらは冒頭の兄妹、娘の結婚相手のトビ職、そして運転手や少年の視点だろう。さらに彼は題名の通り「もうひとつの屋上」を欲した。それはたぶん光の粒や虹からの視点である。彼は今、「しずかな若者」に描かれた共同墓地に眠っている。
近年、函館市民の尽力で映画「海炭市叙景」が完成したのに続き、『そこのみにて光輝く』や「オーバー・フェンス」も映画化されている。佐藤の描いた世界に現代が近づいている。『海炭市叙景』の叙景とは風景ではなく、人の心の揺らぎのさまであり、私たちもまた海炭市民なのである。

【追記】佐藤泰志の小説は、「オーバー・フェンス」（二〇一六年）に続き、「きみの鳥はうたえる」（二〇一八年）が映画化され、「そこのみにて光輝く」が樋口泰子主演、森さゆ里演出により舞台化されている（二〇一五年）。

『海炭市叙景』（集英社、一九九一年）には函館市をモデルにした海炭市を舞台に、普通の人々の冬と春の生活が描かれている。構想としては夏と秋の物語一八篇が続くのだが、作者の死により未完に終わった。二〇一〇年に小学館文庫化。

外岡秀俊
――啄木短歌の言葉の質　考え抜き

田中　里尚

外岡秀俊は一九五三年、札幌市に生まれる。一九七六年に『北帰行』で文藝賞を受賞し、小説家としての将来を嘱望される。しかし、職業作家の道は進まず、朝日新聞社に入社。社会部、外報部を経て、ヨーロッパ総局長、東京本社編集局長などを歴任する。阪神・淡路大震災のドキュメンタリーである『地震と社会』など、客観的かつ丹念に出来事の全体像を追求する著作も多い。

在職中の一九八六年、『未《いま》だ王化に染《したが》はず』を中原清一郎名義で上梓した。二〇一一年に退社後、二〇一四年に『カノン』、二〇一五年に『ドラゴン・オプション』の二作を相次いで発表。現在、小説家としても精力的に活動している。

外岡秀俊名義の唯一の小説作品である『北帰行』は、二〇一四年に新装版が刊行された。三人称で書かれた近作とは異なり、一人称で書かれた本書は、内面の記述と情景描写、物語と批評とが重層的に織りなされた作品となっている。

二〇歳になる「私」が過去に起こった三つの別離体験を想起し、決別するのが『北帰行』の物語である。最初の体験は、幼少期に親しくなった馬橇《ばそり》の漕《こ》ぎ手である源さんと仔馬《こうま》のジルゴとの別れだ。舗装道路の敷設によって、馬橇の需要は失われた。街から姿を消し、海辺の街にひっそりと暮らしていた源さんを訪ねた「私」は、「ばんえい」の競走馬になるための訓練中に致命的な怪我《けが》をしたジルゴとも出会うが、のちに安楽死処分されたことを知る。

二つめの別離は、夕張（または歌志内）炭鉱らしき場所で坑夫をしていた父の死をきっかけに、故郷を離れ集団就職で東京に出るという体験である。一九六〇年代、エネルギー転換の余波で業界は慢性的な不況に陥り、合理化を推進する企業と労働者の間で闘争が行われていた。その中で、「私」の父は、企業側につくポストに収まったことで労働者たちから白眼視されていた。落盤事故が起こると、「私」の父は敢《あ》えて坑道内に入り、命を落とす。そのことによって「私」は進学をあきらめ、東京の工場に集団就職することとなった。その結果、母のいる故郷とも離別する。

三つめの体験は、初恋の女性・由紀と幼なじみの卓也との決別である。就職先で暴力事件を起こした「私」は、新たな職場で仔馬ジルゴを共にみとった卓也と再会する。由紀と卓也は恋仲であり、そのために卓也とは縁遠くなってしまっていたが、再会した卓也から由紀への伝言を依頼される。そこで出会った由紀は妊娠していたが、その事実を卓也に隠し、曖昧な内容の手紙を送ってしまう。そのことで、三人の友情は霧散してしまうとともに、卓也が計画する爆弾闘争を結果的に後押ししてしまう。これらの決別を通じて、「私」は個としての責任を自覚する。

二〇歳となるまでの経験を思い出しながら、「私」が手放せずにいた函館版の歌集『一握の砂』。「どんな若者よりも平凡で、ありふれた青年」だった石川啄木は、「私」にとって「弱々しげな表情の底に強靭《きょうじん》な精神を秘めている独得《どくとく》の相貌をそなえた言葉」だった。「みすぼらしい空間」にいたからこそ「潑溂《はつらつ》とした精神を漲《みなぎ》らせていることができた」啄木への共感を通じて、「私」は自分の青春に「重みと手触り」を与えようとしている。

それだけなら、自己同一性を獲得するための青春の一ページに過ぎない。『北帰行』には、それを超えた、啄木の「言葉」の質を考え抜こうとする姿勢がある。啄木が選んだ短歌という形式は生活に不必要な「気取り」である。その「気取り」の形式で生活を表現しようとすればするほど、かえって生活に「呪われる」と「私」は言う。この生活と短歌の逆説に引き裂かれたのが啄木なのだ。

その結果啄木は、短歌で表現されずに終わり、「重い金属のように人々の心に沈む」意味に苦しんだ。この姿を「私」は、北海道の言葉の質と重ね合わせている。「階層や身分や伝統」が、「すべて粉々にされて坩堝《るつぼ》の中に叩《たた》き込まれ」たとき、その中から「比重の大きな重い言葉だけが残された」北の言葉。啄木が北海道を漂泊して摑《つか》みとったのは「言葉と言葉を結びつける風土感覚」ではないか。その風土感覚を通過したからこそ、啄木の言葉は、固有の風景を歌いながら、誰にも開かれた風景となっているのだろう。「私」もまた啄木の言葉との格闘を通じて、囚《とら》われていた北の風土性と記憶から解放され、現実を直視し、責任と自由とを自覚した自己を手に入れたのである。

【追記】二〇一五年に、『未だ王化に染わず』を小学館文庫で刊行。『カノン』（河出文庫）『ドラゴン・オプション』（小学館文庫）も二〇一六年に文庫化。二〇一七年には連作短篇の『人の昏れ方』を河出書房新社から発表。一九八六年に発表した短篇を元に、前後に物語を連接した意欲作となっている。

『北帰行』（河出書房新社、初版一九七六年、新装版二〇一四年。）は、外岡秀俊が東大法学部四年在学中に書かれた。写真は新装版の表紙。

朝倉かすみ
――故郷舞台に折り重なる過去と現在

渡邊　利道

朝倉かすみは一九六〇年小樽市生まれ。石狩市で学生時代を過ごす。北海道武蔵女子短大卒業後、さまざまな職を転々とし、三九歳で結婚。三〇代のはじめから断続的に小説の執筆を続け、二〇〇三年「コマドリさんのこと」で北海道新聞文学賞を受賞。翌年「肝、焼ける」で小説現代新人賞を、二〇〇九年『田村はまだか』で吉川英治文学新人賞受賞。

東京在住だが、作品では自分がよく知っている場所である札幌や、上京者の視点による東京を小説の舞台にすることが多い。二〇〇八年に刊行した『タイム屋文庫』は、故郷である小樽が舞台となった物語だ。生まれ育った小樽という土地に対する作者の温かな愛情が伝わってくる佳作である。

ちょっと間の抜けたところのある三十女が、小樽に一人で住んでいた祖母の死をきっかけに上司との不倫関係を清算し仕事をやめる。この街で一六歳のときにはじめてのデートをした初恋の人が、偶然店を訪れる日を夢見て、祖母の遺《のこ》した家で彼が好きだった「時間旅行もの」の小説や映画のソフト、音楽ＣＤを扱う喫茶も兼ねた貸本屋を開くことにしたのだ。なにくれとなく世話を焼いてくれる近所の人々や、タウン誌の記者をしている女友達の協力もあって、「タイム屋文庫」と名づけられた店はにぎやかに人が集まるようになっていくという物語。履歴書の特技欄に「落語」と記入していたという作者らしいハートウォーミングな小説だ。

タイトルに示されているように、この小説で鍵となるのは「時間」である。過去と現在と未来が線上に継起するのではなく、ずれたり逆転したり、折り重なってひとつのまとまりに感じられるような不思議な「時間」。それを作者は、土地の記憶と身体感覚を通じて丁寧に描出する。

少女時代、父親に「おばあちゃんちに遊びにいくぞ」と言われて訪れる小樽は、「海と、坂と、下水道をながれる水の音」として五感に響く記述で描かれる。なだらかな坂を上ったところにある祖母の家の現在と回想が、ゆっくり入り交じる。祖母は、行商人にいろいろ吹き込まれて新潟から北海道に津軽海峡を渡ってきた家出娘だったという。幼かった頃のヒロインが事情を知らずに「どうしてこのまちにきたの？」と訊《き》くと、祖母は「おまえたちに会いにきたんだよ」と答え、現在と過去の因果関係がひっくり返されたようになってしまう。

小説の半ば、ヒロインに好意を抱く近所のレストラン店主と、塩谷にある伊藤整の文学碑にドライブにいく場面がある。ほんの二〇分ほどで着いてしまい、ヒロインが文句を言うと、店主は距離も時間も問題ではないと答える。子供の頃、蘭島へ海水浴に行くときにそこをさしかかると「スイッチが入った」のだと言う。その印象があまりに強く、父親が亡くなった後、思い出のたくさんある蘭島ではなくこの文学碑に来て、はじめて伊藤整が作家だと知り、その詩を読んで「いい」と思ったと。そして取り壊されて今は跡形もない伊藤整の生家に時を越えて思いを馳《は》せる。「あんたとここにきたかったんだ」と店主は言う。過去と現在が、文学碑とそこに記された詩編によって結びつき、登場人物たちの未来がひらけていく本屋の小説にふさわしい情感の籠《こも》った場面だ。

物語はロマンスの度合いを深め、ヒロインはそもそも店を開いた動機である初恋の人と再会。夢にも見なかった未来を選択することになる。そこで彼女は恋人になる男性に、祖母が自分たちに出会うために津軽海峡を渡ったように、私も、あなたに会うためにこの街にきたのだと告げる。

物語の結末では、店に通い詰めていた少女が『タイム屋文庫』という小説を書いて作家デビューを果たす。どうやら今読者が読んでいるこの小説がその少女の書いた小説らしい、と見当がつくようになっている。そして、その『タイム屋文庫』という一冊の本は、貸本屋「タイム屋文庫」の書棚に置かれることになる。つまり本作は、折り重なった時間を旅する小説なのである。

【追記】『タイム屋文庫』は、二〇一九年一月に潮出版社から文庫化された。同一九年、『平場の月』で第三二回山本周五郎賞を受賞。

『タイム屋文庫』（潮文庫、二〇一九年）には、同じリトルマガジン「ウフ.」で連載された続篇『深夜零時に鐘が鳴る』（マガジンハウス、二〇〇九年）がある。本作の読者が主人公の小説となって「タイム屋文庫」の登場人物たちのその後も知ることができる。

山中恒

――小樽で見た戦争　自由の尊さ知る

松本　寛大

山中恒《ひさし》は一九三一年小樽市生まれ。児童読み物を中心に膨大な量の著作があり、その作品は時代を超えて読み継がれている。

『はるか、ノスタルジィ――失われた、時を求めて』は一九九二年の作品。大林宣彦監督が山中の故郷・小樽を舞台に映画を撮るという企画のもとに書かれたものだ。山中の『おれがあいつであいつがおれで』『なんだかへんて子』をそれぞれ原作とした大林監督作品『転校生』『さびしんぼう』が評判をとったのちのことである。

本作のあらすじはこうだ。――高校一年生のはるかは、ふとしたきっかけで小樽取材に来た綾瀬という四〇代半ばのジュニア小説作家のガイド役を引き受ける。

実は綾瀬には記憶から消し去りたい小樽での青春があった。綾瀬の父は自称小説家。純文学を志向するものの筆は進まず、妻に身体を売らせて自身は酒に溺れている。綾瀬の唯一の慰めは公園で出会った少女との淡い恋だったが、誤解がもとでふたりの心は永遠に離れてしまう。やがて母は家出、父は自殺とも事故ともつかない死を遂げる。はるかとともに小樽を歩くうち過去を思い出していく綾瀬の前に、不思議な少年が現れる。少年は綾瀬の過去の記憶が人の形をとった幽鬼のような存在だ。引き裂かれた半身が、綾瀬の嘘《うそ》と罪を責める……。

この幻想物語の背後に見え隠れするのは、戦争の爪痕だ。

綾瀬の実母は空襲時にとある事情から命を落としている。彼の育ての母は、空襲による戦災休暇で軍需工場を一時離れた待機中に父と不倫関係となった女性だ。身体が不自由で徴兵を免れた父は「この足さえまともだったら、兵隊に行って死ねた」と路上で泣き崩れる。

綾瀬が生まれたのは敗戦の年だ。彼は戦争への怒りと疑問、後悔の落とし子でもある。

また綾瀬は、戦争にその少年期をゆがめられたという意味で、著者の山中自身の姿を否《いや》応《おう》なく想起させる。山中は尋常小学校一年までを小樽で過ごし、のちに神奈川へ移るが、疎開のためにふたたび小樽へ戻っている。敗戦を迎えたのは援農作業で動員された後志管内仁木町でのことだ。

山中には自身の受けた戦時下教育を描いた『ボクラ少国民』シリーズのほか、戦時史研究に関する著作も多い。山中は自身について「敗戦の翌年から、戦時中の総括をしようとした」「そして未《いま》だに彼はそれを完結させられずにいる」と書いている。綾瀬の苦しみを戦争と切り離して語ることはできない。

大林監督による映画版では、綾瀬が小樽湾を見下ろす丘で父の見たという景色を語る。「ある朝、突然、あの海に、アメリカの軍艦が、びっしりと並んで、浮かんだ。それは信じられないような、不思議な光景だった」と。

これは山中が見た景色でもある。昭和二〇（一九四五）年一〇月四日、八千人を超す占領軍歩兵師団の主力部隊が小樽港より上陸したのだ。占領軍は司令部や食堂として、あるいは宿舎として、三井物産ビルをはじめとして銀行、ホテル、さらには潮見台や色内、緑の小学校などを接収した。かつて馬糞《ばふん》を落としながら荷馬車や馬そりが行き交っていた小樽の坂を、占領軍がジープでのぼっていく。山中が幼年時代を過ごした小樽の景色はこの日一変した。

映画版では、はるかの愛を得て過去の自身と和解するという形で綾瀬に救いがもたらされる。それは山中と大林を含む多くの同じ時代を過ごした人々に救いをもたらす鎮魂の歌とも読める。

原作は映画版と結末を大きく異にする。少年は綾瀬と対決し、過去の傷が強く綾瀬の心に刻み付けられるのだ。人は傷とともに生きるしかない。過去はやり直せないし、傷は消せない。

本作の希望は、はるかが実に生き生きとした少女として描かれていることだ。はるかは喜びや悲しみを誰に遠慮することもなくあらわす。心のままに、自由にいまを生きる。
その尊さと、それができない時代の苦しさとを知っている作家が描く少女の姿は、読む者の心にいつまでも残る。

【追記】山中恒の近著は戦中戦後を回想しつつ現代の子供が置かれた状況について書いた『現代子ども文化考――「子ども」に寄り添って』（辺境社、二〇一七年）、『戦時下の絵本と教育勅語』（子どもの未来社、二〇一七年）など。
大林宣彦は『この空の花――長岡花火物語』（二〇一二年）、『野のななのか』（二〇一四年）、『花筐／HANAGATAMI』（二〇一七年）と、地方都市と戦争を描いた作品を立て続けに撮った。それぞれ新潟・長岡、北海道・芦別、佐賀・唐津を舞台にしている。

小説『はるか、ノスタルジィ』は講談社刊。大林宣彦監督の同名映画（一九九三年公開）は勝野洋、石田ひかりが出演した。

桐野夏生

——喪失の果て　剝き出しで生きていく

倉数　茂

　地方の若者たちが〈東京〉に憧れ、そこに出ればきらびやかな日々が待っている、そして、親の世代たちよりも豊かな生活が送れる、と夢見た時代があった。いや、今でも都会を夢見る若者はいるだろうが、夢の信憑性《しんぴょうせい》はだいぶ薄れている。バブル時代まではまだ〈東京〉が輝いていた。それは、今日より、よい明日があると、気安く信じられた時代でもあった。だが今や、下手に都会に出て、派遣やブラック企業で使い潰《つぶ》されるより、地元でまったり生きていく方が賢明だという見方も有力だ。

　桐野夏生の『柔らかな頬』が発表された一九九九年は、そうした「上京」の夢が急速に輝きを失っていった時期にあたる。主人公のカスミは、三〇代の既婚女性だが、高校卒業後、家出同然に北海道日本海側の実家を出た過去を持っている。海に向かって左に雄冬岬を望む貧しい村。一軒きりの食堂を営む両親との単調で潤いの少ない毎日。モデルとなっているのは、増毛周辺の漁村が点在する地域だろうか。冬は雪に閉ざされる過酷な地域である。

家の前には灰色の海が広がる。
「この海を見て一生を終えるのなら、死んだ方がましだと子供心にも思った」。この侘《わび》しさから脱出しようと彼女は故郷と両親を捨てるのだ。カスミは東京で必死に働き、やがて結婚する。人並みの生活を得たといえる。だが、欠落感は消えず、大手広告代理店のグラフィック・デザイナー石山と恋に落ちる。不倫のために、封印していた土地の北海道を訪れる。支笏湖湖畔に石山の別荘があるためだ。だが、その場所で五歳になる次女の有香が消える。

桐野夏生、一九五一年生まれ。金沢市で生まれたのち各地を転々とし、札幌で少女時代を過ごす。最初はジュニア小説やレディースコミックの原作を書いていたが、一九九三年に『顔に降りかかる雨』で江戸川乱歩賞を受賞後は、女性ハードボイルドの書き手として注目を集めた。特に一九九七年の『ＯＵＴ』によって不動の人気を獲得。『柔らかな頬』は直木賞をもたらした。

桐野作品では、場所や土地柄といったものがいつも魅力的に描かれてきた。女探偵ミロ・シリーズの新宿歌舞伎町、二〇一三年の『ハピネス』のタワーマンション。それらは単なる空間ではなく、多彩な欲望が交錯し、ときには欲望そのものが託される場所だった。

本作でも東京はそうした憧れの土地だといえる。そして対比的に、「故郷」は捨てたい過去という意味を担っている。だが有香の失踪後、家庭も恋も、幸福への憧れも捨てたカスミにとって、支笏湖周辺は、死の気配に満ちた特別な空間に変化する。湖の底の枯れ木の森に、娘が住んでいるのではないかとカスミが想像する場面がある。そのときすでに彼女の死の国の彷徨《ほうこう》は始まっている。

桐野夏生は前作『OUT』でも、クライムノベル（犯罪小説）のストーリーを借りて、「主婦」や「妻」という枷《かせ》を振り捨てて、どこともしれない〈外《アウト》〉へ漂流していく女を描いたが、本作はさらに徹底している。カスミは、蛇が皮を脱ぐように、何年もかけて妻でも女でも母ですらない何ものかに変化していく。東京にいたとき、彼女は捨てたはずの「故郷」に怯《おび》えていた。しかし何もかも失ってしまえば過去も怖くない。カスミは夫とも恋人とも別れ、残された長女も捨てて剝《む》き出しで生きていく。

カスミばかりではない。不倫相手だった石山も、事件をきっかけに、華やかなキャリアを放棄して流浪する。札幌で彼がたどりついたのは、風俗嬢のヒモというアウトローめいた立場だった。内海という元刑事も、妻と離れて、カスミの同行者となる。北海道は世間的な「幸福」や虚飾から見放され、見放しもした三人の男女がさまよう舞台となる。内海に問われ、カスミは自分の旅にはもう目的がないと自覚する。「ただ、ずっと生き抜いていくの」ラスト近く、カスミは末期癌《がん》で死んでいく内海によりそう。それは自分がまだ生きていると確認するためだ。二人は生と死のぎりぎりの際にいる。内海は死に、カスミは対照的に、娘の喪失という巨大な空虚を抱えたまま、強く生きていく。社会的なペルソナをすべて振り捨てたカスミは、たくましく、美しく、そして、怖《おそ》ろしい。

『柔らかな頬』（講談社、一九九九年）は当初、女探偵ミロ・シリーズのつもりで書き始められたという。だがミロが語り手では、こどもを失った母親の気持ちを十分に書き込めないという不満から、全面的な改稿を経て、今の形に生まれ変わった。写真は文春文庫版（上・下、二〇〇四年）の表紙。

桜庭一樹

――孤立と漂流　流氷の海をめぐる想像力のせめぎ合い

横道　仁志

「北海道」という切り口で文学を語るとき我々《われわれ》は、その善悪はともかく、この北の地を他の場所から孤立した一種の閉鎖的な世界として眺めている。だからこそ、北海道文学を「孤立」という観点から読み解く筋道もある。この筋道を突き詰めた作品を紹介したい。桜庭一樹《かずき》の『私の男』である。

一九九三年の奥尻島の震災で家族を失った九歳の少女、竹中花。彼女は親戚を名乗る男、腐野《くさりの》淳悟に引き取られ、紋別の町で暮らし始める。しかし淳悟は花の母親の昔の不倫相手で、彼女の実の父だった。出生の事情から、家族の中で孤立していた花。いっぽうの淳悟も母から虐待されながら成長した。家族とは何かを知らないふたりにできるのはいびつな真似《まね》事以外にない。花と淳悟は「親子」であろうとして、肉体関係に陥るのだ。

桜庭一樹は一九七一年、島根県生まれ、鳥取県米子市育ちの小説家。ライトノベルやゲームのノベライズなどエンタメ系の仕事でキャリアを積んだ後、二〇〇五年の『少女には向かない職業』を機に一般小説でも注目され、二〇〇六年『赤朽葉家《あかくちばけ》の伝説』は日本推理作家協会賞を受賞した。近親相姦《そうかん》という扇情的なテーマを扱いながらも、『私の男』は二〇〇八年に直木賞を受賞、二〇一四年に熊切和嘉監督により映像化され、モスクワ国際映画祭の最優秀作品賞に選ばれるなど、各方面で高く評価されている。

小説上の技巧として、本作は事件の時系列を現在から過去に遡《さかのぼ》る手法を採っている。すなわち、物語は東京で花が淳悟と別れようとする場面から始まり、ふたりが北海道を離れるきっかけとなった殺人事件の話へと、舞台は紋別に移っていくのである。この構成上の仕掛けから、本作は夢野久作の『瓶詰地獄《びんづめのじごく》』との類似を指摘されている。が、地縁社会への目線を物語に落とし込んでいる点で、本作は主題にひねりを加えている。「〝それ〟は……殺人者は、社会的な存在なはずの、我々の中に紛れ込んでいる(中略)利己的な、反社会的な、良心をもたないいちいさな怪物だ」。花と淳悟は「普通」の人々の輪の中になじめない、社会的漂流者として描かれる。しかし、視点を相対化すると、紋別という小さな社会自体が日本という大きな社会から孤立している異物ではないかという反問を、作中に読み取ることはできる。

この漂流する異物同士の衝突というイメージは、作中の一場面で印象的に表現されている。オホーツク海の流氷の風景である。未成熟な魂を硬く閉じ込める冷気の内に、ほのかにともる性の腐敗熱のイメージ。この腐敗熱は、奥尻の学校体育館に並ぶ津波の犠牲者たちの光景とも結びつく。北海道の孤立、近親相姦の孤立。その裏には、犠牲者の孤立というより深い苦痛がしのび込んでいる。

この原作小説のテーマを熊切監督の作品はいわば裏面から映像化する。小説では「おそろしい怪物」と語られていたオホーツク海は、帯広出身の熊切監督らしく、映画ではむしろ真っ白な流氷が一面に浮かぶその美しさを引き立たされている。監督は物語の場面転換を、三種類のカメラの使い分けで表現した。一六ミリの粗い映像は震災孤児の混沌《こんとん》とした心象風景を、三五ミリの精彩な映像は北海道の豊かな自然を、陰影を処理したデジタル映像は逃亡の身の父娘の退廃的な心理を表現しているといったところか。

しかしこの映像上の技巧以上に見応えがあるのはラストシーン。父は娘を愛するから、娘の望みなら何でも受け容《い》れようとする。だから、最後の最後に、娘からの残酷極まりない一言さえも受け容れなければならなくなる。

映画版は、原作小説と別の角度から、個人の孤独というテーマを映像美で描き切ってのけた。おそらくこれは同時に、北海道の側からの東京への返歌としても読める。原作小説が北海道を異郷視することで一種の定型に落とし込むなら、映画はこの定型化を映像の力でひっくり返す。孤立しているわけでもなく、孤立していないわけでもなく。小説と映像のせめぎ合いから生まれるこの浮遊感覚に、北海道文学としての本作の意義がある。

小説『私の男』（文藝春秋、二〇〇七年、文春文庫、二〇一〇年）は、奥尻島の震災や拓銀（北海道拓殖銀行）の破綻など一九九〇年代の北海道のさまざまな事件を盛り込んでいる。これを受け熊切和嘉監督による映画では、冬と春の二度にわたり丹念に北海道の風景を撮影した。なんと本物の流氷の上での撮影まであったという（写真はＤＶＤの外箱）。

第二部　「世界文学」としての北海道ＳＦ・ミステリ・演劇

河﨑秋子
――北海道文学の伝統とモダニズム交錯

岡和田　晃

二〇一四年五月刊の『北の想像力――〈北海道文学〉と〈北海道ＳＦ〉をめぐる思索の旅』(寿郎社)を引き継いで出発したこの「現代北海道文学論」。第一部では、北海道を基調としながらも全国で活躍する、とりわけ読者の多い作家を論じてきた。それを別の流れに、どうすればつなげられるか。一九九〇年、バブル経済の末期に発表された神谷忠孝「北海道の文学とその研究の現状」では、「北海道文学の伝統が『悲劇的精神系譜』を中心とした農民を題材とする作品群にあること」を認めつつも、そうした「農民ものとは異質の近代的な要素」、すなわち〝モダニズムの系譜〟の存在が指摘されていた。実際、連載最初の一年で取り上げた作家たちは、いずれも北海道の土着性を日本の〝外部〟として定位し直すモダニズムの視座を導入しており、だからこそ全国的にも高い人気を博している。

ところが、一九七九年、根室管内別海町に生まれた河﨑《かわさき》秋子は趣を異にする。二〇一一年の「北夷風人《ほくいふうじん》」で北海道新聞文学賞の佳作を、二〇一二年には「東陬遺事《とうすういじ》」で同じく正賞を受賞し、『北の文学』（北海道新聞社）上で商業発表の機会を得たが、これらを中央へ進出するための踏み台とはしなかった。むしろ、都会のバブリーな論理では〝外部〟として排除されてしまうものを、自身が〝羊飼い〟として暮らす故郷を凝視することで描き抜こうと試みたのだ。別海には、詩人の向井夷希微《むかいいきび》や作家の玉井裕志《ひろし》ら、ゆかりの先達が存在する。夷希微は「新開の漁村」こと浜別海で極貧にあえぐ漁師たちを詠い、開拓の現実を告発した（「盗伐」、一九一七年）。それから一世紀後の二〇一五年、河﨑は旭川で設けられた一回限りの三浦綾子文学賞を『颶風《ぐふう》の王』で見事、射止めた。同書は全国の書店に並び、現在も版を重ねている。

「北夷風人」では、「知床・阿寒に連なる山脈」で近代化の暴力を生き延びた知られざる民族を介して、「新たなる歴史の一端、年代記の新たなる始点」が模索された。「東阪遺事」においては、江戸時代末期の野付半島、キラクと呼ばれた集落で暮らす人々の生きざまが、「静かに死が積み重なった」峻厳な自然を通して克明に活写された。

『颶風の王』は、風土に基づく両作品の構想力を引き継いでいる。その第一章では、明治期、「私生児」だと疎まれた東北の寒村から抜け出すため、北海道への「開拓民募集」へ応じた捨造《すてぞう》という象徴的な名の青年が描かれる。けれども、北海道文学の伝統に反し、開拓のドラマが仔細《しさい》に語られることはない。かわって強調されるのは、捨造を腹に宿していた時の母が、愛馬アオの血肉を喰らい、その腹腔《ふくくう》に身を収めることで、真冬の雪洞を一カ月ものあいだ生き延びたという逸話である。氷の裂け目に脚を嵌《は》まらせた馬を救って生命を落とす青年を描く「東阪遺事」のクライマックスが、ここでは反転させられている。

第二章では、年老いた捨造が孫娘に「俺は。俺の家は。馬に生かされたんだ。報いねばなんねえ。報いねば……」と告げ、動物に仮託された〝他者〟を犠牲とする構造によって、家族の歴史が成り立っていたと暗示される。さらにその孫娘の世代に時計の針を進めた第三章では、巨大台風によって根室市の南にある花島（ユルリ島がモデル）に取り残されてしまったアオの血を引く馬が、いよいよ最後の一頭にまで減ってしまったと語られる。

ここからの展開は凄絶《せいぜつ》だ。人間の独善的な歩み寄りが、きっぱりと否定されてしまうからだ。そもそも犠牲とは、愛する者を「死を与える」瞬間に憎み、裏切ることによってしか成り立ちえない（森村修「なぜ動物は犠牲にされるのか――デリダの『犠牲』論」）。だからこそ、犠牲には憎悪の連鎖がつきまとう。いつかは、それを断ち切らねばならない。ゆえに、犠牲の構造そのものを無化するような決断が採られたのだ。この決断を媒介項とし、北海道文学の伝統精神とモダニズムの他者性を織り込む「惑星思考《プラネタリティ》」、両者が交錯する地平が、

『颶風の王』では示されている。新しい流れが、ここから生起するかもしれない。

【追記】河崎秋子の『颶風の王』は、二〇一六年にＪＲＡ賞馬事文化賞も受けている。二〇一七年の『肉弾』（ＫＡＤＯＫＡＷＡ）は、二〇一九年に第二一回大藪春彦賞を受賞している。九月には短篇集『土に贖う』（集英社）が出版された。

『颶風の王』（ＫＡＤＯＫＡＷＡ、二〇一五年、角川文庫、二〇一八年）では、人間と動物の対立構造を解体するアニマル・スタディーズの理論にも通じる問題意識が、バルガス＝リョサらのラテンアメリカ文学を彷彿《ほうふつ》させる壮大なスケールで展開される。

山下澄人
――富良野と倉本聰　原点への返歌

東條　慎生

二〇一七年一月に第一五六回芥川賞を受賞した山下澄人は、一九六六年神戸市生まれで、北海道とは一見無縁だ。しかし、山下の現在に至る表現活動の原点は、倉本聰の俳優脚本家養成所として知られる富良野塾二期生としての二年間にある。

山下は卒塾後も塾の公演にしばしば出演していたものの、あるとき公演直前に下ろされ、後に自ら劇団を立ち上げる。その劇団FICTIONの公演に来ていた作家保坂和志の推挙によって彼は小説家として登場した。作品の多くは小説の一般的な規範をやすやすと破っていく。ある人物が知り得ないはずのことを一人称でそのまま語る手法や、虚実の反転、因果関係の破綻や、果ては生死の境すら不分明にもなる。

受賞作「しんせかい」ではこうした実験性は抑えられ、おおむね写実的に読める。富良野塾は《谷》、倉本は《先生》と呼ばれるものの、「山下スミト」による一人称の語りは、この作品を現実と地続きに思わせる。実際、入塾の経緯やいくつものエピソードは著者が事実と認めてもいる。

しかし、叙述の細部ではつねにその事実性が揺るがされる。冒頭の船乗りの言葉は、言ったかどうかが怪しまれ、そもそも船乗りはいたのかがわからなくなり、末尾においても月が満月だったのか欠けていたのかが曖昧になり、そもそも月も出ておらず夜でもなかったかもしれないと書かれる。

保坂の著作によって小説への偏見を払拭《ふっしょく》し、「昨日夢で見たことと昨日経験したことは一緒」だという感触を書いてもいい、という発見がこの山下の体質的な方法を支えている。一見常識的な約束事を、自身の感覚、リアルさに立ち返ることで批評していく、したたかな文体だ。このことは、山下と倉本、両者の表現のあいだに緊張関係を生み出す。

倉本は富良野塾開設一年目、一九八四年までの記録『谷は眠っていた』（一九八七年八月～八八年一二月に雑誌連載）において、『北の国から』を少年と少女が「都会の生活に欠落した何かを確実に身につけ」ていく物語だとし、富良野塾を若者たちの「未知への入植」だと呼ぶ。そしてまさに山下が入塾した年に連載されていた『ニングル』（一九八五年一月～一二月に雑誌連載）は、人里離れて隠れ住む小人が電話やテレビに毒され狂ってしまう悲劇による現代社会批判だった。舞台版には山下も出演経験がある。

未開ゆえに豊かなもの、心優しい純朴な先住民という、都会から見た美化と表裏一体のロマンティシズムが、北海道という「新世界」に投影されている。しかし、実際に富良野という土地に根を下ろし、塾に私財を投じる倉本は、そのロマンを生き抜き、それゆえにこそ塾生たちにも畏敬されている。

けれども、スミトは《先生》のことを知らずその畏怖を共有しない。命じられた作業を「意味がない」と言い「体制批判」と呼ばれさえする。『谷は眠っていた』では、農作業に比べて少しの喜びもないと機械に翻弄《ほんろう》される工場労働を批判する手記が引用されているのに対し、スミトはずっと工場でも良いと言う。入塾の理由に授業料がないことを挙げるスミトは、倉本のロマンをどこまでもずらしてしまう。

最後、スミトは「すべては作り話だ」と宣言する。一見当たり前だけれども違う。三〇年の時を経た、事実と虚構の曖昧になった場所にこそ、この回想の切実さがある。雪山から吹き下ろす冷たい風、腰まで埋まる雪、自分たちの生活費を稼がなくてはならない夏の農作業、救急車に頼れない広大な土地。富良野はスミトにとって生そのものが露呈する場所としてある。地に足のついた表現を、という生と演劇を接続する倉本の意図は、スミトを通して、「ほんとうのこと」と感じられることこそが「作り話」になる逆説として結実する。

自分の感覚に即《つ》くことで、美化やロマンをどこまでも曖昧にしてしまう山下の文体の批評性はここにある。

《先生》に演技を評価されたのが、人に褒められた初めての経験だったとスミト＝山下は語る。「しんせかい」はまさにその原点を語りながら、倉本や富良野から受けとったものと、そこから生み出した自らの表現の方法を示した返歌としてある。

【追記】本稿に関連したものでは、「北の国から」を特集した雑誌「ケトル」vol.41（二〇一八年二月）で山下の倉本聰についてのインタビューがある。倉本作品における虚実の境界の揺らぎや、ゴダールやデビッド・リンチを引き合いに出して「ベタと前衛」の同居を指摘するなど山下らしい着眼点がある。

『しんせかい』（新潮社、二〇一六年）の題字（写真）は倉本聰が担当している。本作と対照的に、もっとも幻想的な色彩が濃い長篇『壁抜けの谷』（中央公論新社）は、二〇一五年から一六年にかけて連載されており、「しんせかい」とまったく同時期に書かれていた、対のような作品だと山下は語っている。

今日泊亜蘭

――アナキズム精神で語る反逆の風土

岡和田　晃・藤元　登四郎

自覚をもって書かれた日本初の長編ＳＦ『光の塔』（一九六二年）で知られる作家、今日泊亜蘭《きょうどまりあらん》（一九一〇～二〇〇八年）は、東京の上根岸の御隠殿《ごいんでん》で生まれ育った江戸っ子である。語学の才能に恵まれ、旧制中学校入学以前から英語、仏語、独語を習得し、長ずるにおよんで七カ国語あまりを使いこなした。父親の水島爾保布《におう》が辻潤、武林無想庵《むそうあん》らと交流があり、今日泊も先端的思想の人々に接触した。彼らの影響を強く受け、一切の権力や強制を否定するアナキストになった。こんな逸話がある。上智大学附属の外国語学校にいた頃にドイツへの留学を希望したが、パスポートが下りなかったので密航を企てた。南満洲鉄道、シベリア鉄道を経由してドイツにたどりついたものの、そこで強制送還となってしまった（峯島正行『評伝・ＳＦの先駆者今日泊亜蘭』）。

『光の塔』や続編『我が月は緑』（一九九一年）のような本格ＳＦのみならず、今日泊は『河太郎帰化』で直木賞候補となり（一九五八年上半期。水島多樓《たろう》名義）、「歴程」に詩を寄せた

（宇良島多浪名義《うらしまたろう》）。これらの作品を貫く芯は、ずばりアナキズムである。本稿で論じる破天荒な伝奇小説「深森譚《しむしむたむ》——流山霧太郎の妖しき伝説」（一九七七年）も同様だ。

舞台はロシア革命でソヴィエト政府が興った頃の北海道であるが、大胆な歴史改変が施されている。旭川に駐屯し歯向かう者を武力で鎮圧する近代的な帝国陸軍に対し、道内の少数民族は「北海共和国」を設立、関東大震災で中央政府が混乱を来した隙を突いてゲリラ戦を繰り広げているのだ。冒険とロマンに満ちた設定で、野田サトルの人気漫画『ゴールデンカムイ』（二〇一四年〜）の先駆けとも形容したくなる。そんな折、ソヴィエトから秘宝を盗んだかどで網走刑務所に収監されていた月夜野《つくよの》銀次郎が脱獄。アイヌ民族の娘に乱暴しようとした仲間を処刑するなど、俠客《きょうかく》としての顔も持つ男だ。その行方を追いかけるのが本作の語り手……というのが大まかな筋書きである。

和服を好み軽妙洒脱《しゃだつ》にＳＦを語った今日泊は、江戸の講釈師と呼ばれたそうだ。二つ名に違《たが》わず、「深森譚」の語り口は変幻自在。王道の冒険物語を自由自在に変奏し、北海道の風土を遊び心いっぱいに書き込んでみせる。語り手は上富良野で烏天狗《からすてんぐ》が舞い踊る『地獄極楽』の見世物」に遭遇するが、その直前、富良野で「臍《へそ》祭り」に言及する。「北海へそ祭り」は一九六九年に始まった新しい祭りで、初年度には腹を出して踊る「図腹踊り」の踊り手を一人しか確保できなかった。それが今では四千人の踊り手と七万人の観光客を集め、夏の北海道を代表する風物詩になったのだから、執筆当時の今日泊の目のつけどころの良さには驚かされる。

共和国の拠点「妖怪城」は、北海道最北部、宗谷本線の問寒別《といかんべつ》(作中では問函別)駅の近傍に設定されていた。そこから「鬼森山《オニウシリ》」という「アイヌ語と和語とごっちゃになった難所」を抜けた語り手は、現実と幻想の狭間《はざま》で、日本人が先住民族に「侵略と欺《だま》し討ちの寇賊《こうぞく》行為」を繰り返してきた歴史を目の当たりにする。シャクシャインの戦いを講談調で語った幸田露伴「雪紛々」(一八八九年)を意識したのかもしれないが、突然トーンが変わり、なんとSFになる。宇宙の支配者である異界人が介入し、意外な真相が明かされるのだ。アーサー・C・クラーク『幼年期の終《お》わり』(一九五三年)を彷彿《ほうふつ》させる劇的な場面。

共和国の設定を見るに、この「深森譚」に影響を与えたのは、新谷行《しんやぎょう》『アイヌ民族抵抗史』(一九七二年)であるようだ。征服者の視点で記述されてきた従来の歴史に「否」を突きつけた画期となる書物で、その熱気は一九七〇年代に道内各地で展開された爆弾闘争とも共振していた。今日泊は新谷のアナキズムに、江戸っ子の「他人の物を取っちゃいけねえぐらいの事は赤ん坊だって知ってらアネ」という心意気から共感したのではなかろうか。そのうえで、爆弾闘争が行き着いた現実の袋小路を超越する声を、作中に導入しようとしたのかもしれない。異界人の台詞《せりふ》には今日泊の本音が混ざっているように思われてならないのだ。喧嘩《けんか》っ早い今日泊は、歴史のもつれと行き詰まりをわがことと受け止めて、悲痛な声を張り上げずにはいられなかった。時空を超えて「叛逆《はんぎゃく》の火を燃《もや》しつゞける夷族《えびす》」を描いた「深森譚」は、今こそ北海道文学として再評価される必要がある。

『縹渺譚《へをべをたむ》』（ハヤカワ文庫、一九七七年）には、北海道の歴史の影に焦点を当てた「深森譚」と、前日談「縹渺譚――大利根架二郎の奇妙な身ノ上話」が収められている。主要人物は共通しており、併せて読めば日本史を書き換える壮大な世界を体感できる。どちらも日下三蔵編『海王星市（ポセイドニア）から来た男／縹渺譚』（創元SF文庫、二〇一七年）に採録された。

荒巻義雄
――夢を見つめ未知の世界へ脱出

藤元　登四郎

荒巻義雄は一九三三年、小樽市生まれ。札幌在住の作家、評論家、詩人である。早稲田大学の第一文学部哲学科で心理学を専攻した。六〇年安保闘争に参加して活動したが、左翼運動や革命に疑問を抱くようになり、家業を継ぐために札幌に戻った。

しかし彼は学生時代の革命的な情熱を失わず体制に反抗する姿勢を抱き続けていた。東京に反抗して札幌、父親の事業に反抗して文学、左翼運動に反抗して会社社長、そして保守的な純文学に反抗してＳＦ。さらに哲学や心理学、シュルレアリスムを取り込んだ新しいＳＦを創造した。

一九七〇年から八〇年代前期にかけて発表された初期作品は、近年再評価されて『定本荒巻義雄メタＳＦ全集』全七巻別巻一（巽孝之・三浦祐嗣編、二〇一四～一五年）として復刊された。

さらに七八歳で上梓《じょうし》した第一詩集『骸骨半島』が、北海道新聞文学賞（詩部門、二〇一二年）

に輝いた。驚いたことにこの『骸骨半島』もまた全集の別巻に収載されている。なぜこの詩集が初期作品と並んで収載されたのか。

この疑問こそが荒巻の作品の特徴を示している。それは彼の初期作品も『骸骨半島』も、共通して夢の世界と密接に関係しているということである。

ここでいう夢とは、精神分析学者フロイトの夢の理論とは異なったものである。フロイトは心理学的観点から、夢は無意識の願望充足を意味するとして、その内容と現実の出来事を因果的に結びつけた。彼は特殊な経験としての夢を見落としてしまったのである。

古代には夢は人間の魂や運命と接する聖なるものと考えられて、夢占いなどが行われてきた。実際、夢の中ではあらゆる感覚の組織的錯乱が起こり、この錯乱が未知の世界を垣間見させてくれる。夢を見る人は、しばしば現実には起こりえない、名づけることのできない超現実的な事件に遭遇する。どこにいるのか、いつのことか、自分がいったい誰なのか、はっきりしなくなる。この錯乱した夢の世界を見つめるまなざしはいったい誰のものなのだろうか。

全集三巻所収の『白き日旅立てば不死』（一九七二年）は夢の世界を描いた長篇で、恋する若者の「精神的な死」が主題となっている。主人公の白樹は恋人の加能純子の自殺を止めることができなかったので、絶望して放浪の旅に出た。ルーレットのギャンブルに打ち込む毎日であったが、ウィーンにたどり着いた。しかしそこは現実のウィーンと場所は同じであっても、ルーレットのように偶然に現れたり消えたりする幻の都だった。

白樹は純子そっくりのソフィーにめぐり会った。ソフィーはマルキ・ド・サドの小説『悪徳の栄え』の主人公であった。もはや小説と現実との境界も死と生の境界も消滅していた。果たしてソフィーは加能純子であろうか？　彼はソフィーを現実の世界に脱出させようと懸命な努力をする。死と生の間で錯乱している白樹を見つめるまなざしは、夢を見つめるまなざしである。

詩集『骸骨半島』には二〇篇の詩が収載されている。その中の「骸骨半島」をとりあげよう。「焼却台の上で女は一つの風景」となっている。白骨と化したにもかかわらず、「女は／北へ向かう夜行列車に乗り込み／ひっそりと影のように／原郷へと還《かえ》る」「原郷を目差して／母よ／あなたは遡《さかのぼ》る」。

表面だけ読めばこの女は母ということになる。しかしその女を見つめているまなざしは白骨になった女と生きている女との境界を見つめている。それがとらえているのは人間を超える聖なる存在であり、愛と苦悩と悲しみが混然と響きあう夢の錯乱から現れたものである。錯乱を通じて未知のものを見つめるまなざしは詩人のまなざしである。そのまなざしは、北の彼方《かなた》にある死や虚無や魂の運命をみつめている。さらにこの詩集ばかりではなく、『白き日旅立てば不死』をはじめ、ほとんどの初期作品にも存在している。これが全集に『骸骨半島』が収載されている理由である。

中野美代子は『北方論』（一九七二年）で、伝統的美の世界に反撥した芸術家は北海道を脱出の場として意識しており、戦前に北海道に生まれた人々は自由奔放な発想を得たことを指摘している。荒巻の作品もまた、このような北海道の伝統を受け継いでいる。彼は東京の文化権力に抵抗しつつ、北海道をジャンプ台にして、現実から生と死の境界の未知の世界へと脱出したのであった。

【追記】 荒巻義雄は『もはや宇宙は迷宮の鏡のように――白樹直哉シリーズ完結編』（二〇一七年、彩流社）で第三八回日本ＳＦ大賞最終候補となった。「現代詩手帖」「奥の細道」ほか詩誌へ精力的に参加、二〇一八年には『荒巻義雄実験詩集』（私家版）を上梓、二〇一九年七月には新しく「壘」誌を立ち上げている。

『定本荒巻義雄メタＳＦ全集』別巻『骸骨半島　花嫁　他』（彩流社、二〇一五年）には表題作のほか「メタ俳句自選百句」、幻の短編「紅い世界」「スネーク」などが収録されている。解説は、ＳＦ作家のルイス・シャイナーと、北大名誉教授でロシア文学者の工藤正廣。

『コア』
——全国で存在感 SFファンジンの源流

三浦　祐嗣

戦後の北海道では盛んに文芸雑誌が発刊され、独自の風土性とアイデンティティーを問い続けてきた。とりわけ重視すべき『コア（CORE）』は、「北海道SFクラブ」の会誌として一九六五年二月に創刊され、一九六七年一月までに通巻一一号が刊行された、北海道で初のSFファンジン（SFファンによる同人誌）である。

同クラブの創立会員は、『SFマガジン』誌上で会の結成を呼び掛けた渡辺博、後に作家となる荒巻義雄をはじめ、笹田英夫、日比俊明、佐藤雄一、斎藤泰彦ら。一九六五年七月時点の会員数は、中学生から社会人まで七〇人で、うち二二人は道外在住だった。

『コア』は、一九六六年秋に刊行された四ページの一〇号を除いて、いずれもB5判タイプ印刷の隔月刊で、創刊号から六号までの編集は渡辺が、七号から最終一一号までの編集は荒巻が務めた。創刊号から四号までは二八～三〇ページ、五号以降は四〇ページ近くに増え、一一号は五二ページと創刊以来最も厚くなった。

『コア』が創刊された一九六〇年代半ば、ＳＦというジャンルはまだ若く、社会の認知も進んでいなかったが、『宇宙塵《うちゅうじん》』（一九五七年創刊）を筆頭に、全国各地に既に複数の有力ファンジンが存在していた。そして、それらの中で、『コア』は次第に存在感を増していった。

特に注目されたのは、毎号のように掲載された荒巻の評論だった。荒巻は、二号に「クリスはキリストか」のタイトルで、当時はそれほど知られていなかったフィリップ・Ｋ・ディックの作品評を発表したのを皮切りに、三号に「エリートの文学ＳＦ」（現在は『定本荒巻義雄メタＳＦ全集』四巻に採録）、四号に「『東海道戦争』について」「ベスターの秘密」、五号に「『科学と神』について」「幻想文学とＳＦ」、六号に「オーバーロードと悪魔」、七号に「スペースオペラと自然主義」、九号に「現代日本文学における日本ＳＦの位置」と、力のこった評論を発表し続けた（いずれも荒巻邦夫名義）。

荒巻の評論は、ディックをはじめ、アルフレッド・ベスター、アーサー・Ｃ・クラーク、筒井康隆ら、今なお読み継がれている大作家たちの著作を正面から取り上げ、「ＳＦとは何か」というＳＦ評論最大のテーマにも、多角的アプローチを試みている。

例えば、一一号に発表した「別のＳＦ史」で、荒巻は「文学史の伝統の中に立ちもどり、その伝統の目をもってＳＦを見なおすべきであろう」「現代ＳＦは余りにも科学小説的すぎる。そして他面では、余りにも安易に文学的すぎる」と述べている。半世紀後の今、読み直しても優れて示唆に富む指摘であり、荒巻の評論家としての力量をうかがわせている。

わずか二年で活動を終えたが、SF界での『コア』の評価は極めて高く、『宇宙塵』を主宰していた柴野拓美も、『SFマガジン』誌上で、評論を中心とする『コア』の業績を特筆している。

ただ、SF界の評価は高くとも、『コア』は道内文学界では孤絶していた。北海道関連の作家と同人誌を網羅した木原直彦の労作『北海道文学史　戦後編』(一九八二年)にも、荒巻の名はあっても『コア』の名はない。

しかし、『コア』が、後に続く北海道のSFファンに与えた影響は極めて大きい。一九六〇年代から八〇年代にかけて、北海道には主に高校生、大学生による一〇〇誌を超すSFファンジンが誕生したが、それらの多くにとって『コア』は身近な目標となった。

例えば北海道SFクラブの会員の一人で、当時小樽桜陽高の生徒だった川又千秋は、ファンジン『アステロイド』を刊行した。川又はその後プロ作家になり、長編SF『幻詩狩り』で第五回日本SF大賞を受賞したが、『夢の言葉・言葉の夢』などの優れた著作で、SF評論家としても活躍した。

一九七〇年に筆者が創刊にかかわったファンジン『イスカーチェリ』も、創作や非英米圏ＳＦの紹介のほか、沼野充義、永瀬唯らの質の高いＳＦ評論を掲載してきた。

評論で高く評価された『コア』の「遺伝子」は、その後の北海道のファンジンに脈々と受け継がれている。この系譜を等閑視しては、荒巻義雄や川又千秋から最新の円城塔に至る、北海道文学の隠れた水脈を語ることはできないであろう。

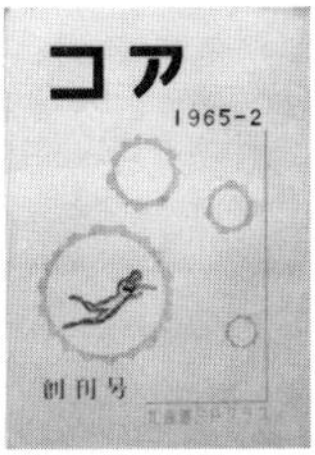

『コア』の創刊号には、荒巻義雄が「魚澄昇太郎」のペンネームでショート・ショート「しみ」を発表している。四次元生物が登場するこの作品は、後に『ＳＦマガジン』に掲載された荒巻の商業誌デビュー短篇「大いなる正午」の原型になった。現在は『定本荒巻義雄メタＳＦ全集』一巻で読める。

露伴と札幌農学校
――人工現実の実験場

藤元　直樹

かつて北海道に西部劇の世界、アメリカのイメージを上書きした映画が次々と作られる時代があった。本書のイントロダクションに相当する岡和田晃氏の論考（本書八〜一一頁）にはヨーロッパと北海道が重ね合わせた小説として原田康子『挽歌《ばんか》』、荒巻義雄『白き日旅立てば不死』が挙げられている。

北海道は、価値中立な人工的なフィールドと目され、米国、欧州など様々な別の現実（レイヤー）を、その上に引き受けてきた。この系譜を遡って行くと、そこにアフリカの広野を幻視した文豪に辿《たど》りつく。

中国の典籍への深い造詣を背景に長く文壇に重きをなした幸田露伴（一八六七〜一九四七年）である。近代小説において初めてアイヌ民族を描いたとされる「雪紛々」を手がけたことでも知られる露伴が現実の北海道に関わった期間は、千島列島開拓にその生涯を捧《ささ》げた実兄の郡司成忠《ぐんじしげただ》に較《くら》べると極めて短い。一八八五年、電信技手として後志國余市

（現在の後志管内余市町）に赴くも、二年少々で職場を放棄して東京へ逃げ帰ったのだ。

だが、一八九二年、「国会」という新聞紙上で脱天と朗月の合作として「宝窟奇譚《ほうくつきたん》」なる小説の連載がはじまる。これがライダー・ハガードのアフリカ秘境探検小説『ソロモン王の洞窟』を北海道に重ねた翻案作品であった。同作は一八九七年、幸田露伴・瀧澤羅文《たきざわらぶん》の合作と名義を改め「文藝倶楽部」に一括再録されるも、その後、書籍化の機会を得ず、文学史の空隙に陥《お》ち込んだ幻の作品となっている。

また、札幌農学校（北海道大学の前身）の存在にも隠された系譜が見える。

西洋文明へのキャッチアップを目指していた明治の日本は、多くの若者を欧米に留学させることを企図していたが、早くにコスト的な限界につきあたる。そこで選択されたのは、洋風の植栽に囲まれた擬洋風の建築物の中にお雇い外国人を立たせてヴァーチャル・リアリティ（仮想現実）を構築することだった。ささやかな明治の人工現実は制服に洋服を導入することで一応の完成を見たわけだが、いかんせん東京にあっては、江戸と正しく地続きで、その効力は限定的であった。

しかし、北海道の広大な大地に現出させられた時、その魔法は遺憾なく発揮され、キリスト教に帰依する学生を大量に生み出すことにもなる。

同校一期卒業生の大島正健《まさたけ》は、母校・札幌農学校の教壇に立ち、SF小説の父と目されるジュール・ヴェルヌ作品を英語のテキストとして使用し、それに魅《み》せられた原抱一庵《ほういつあん》は、学校を中退して作家活動にのめりこむ。小説を一切読まないという『日本風景論』の著者、志賀重昂《しげたか》(四期生)が唯一愛読したのはイグネシアス・ダンリーの反ユートピア小説『シーザー記念塔』であった。

二期生の内村鑑三は、七期生の弟達三郎とカミイユ・フラマリオンの未来小説『オメガ』を訳し、「近世の大著作と称すべく、科学的に二十五世紀の社界(原文ママ)、学術、宗教等を予言せしもの」と徳富蘇峰に売り込んでいる。

在学期間は僅《わず》かとはいえ、『海底軍艦』によって近代日本SFの祖と語りつがれる押川春浪《おしかわしゅんろう》もまた札幌農学校に学んだ一人だ。

「北」は、カジュアルにレイヤーを重ねうる「無地」の空間としての伝統を紡いできた。これは、文化に普遍的な価値を認め、美術館を「ホワイト・キューブ」と呼ばれる白く均質な展示場とし、文脈から解放された作品と、その鑑賞体験こそが客観的で科学的に正しいものであるとする近代的な価値観と並行する。

ところが今日、美術館=制度に内在する権威が作り出した歴史は批判すべきものとなった。事物に包摂された物語と環境、土地に根ざした固有の文化の称揚がはじまり、価値中立の「空白」神話は終焉《しゅうえん》を迎える。

それは現実的には「正しく」そして「良い」ことである。しかし、想像の世界での、行儀の悪い行き過ぎた妄想の中にこそ、変革をもたらす新たな価値の萌芽《ほうが》が育まれるのである。文化を操作するという政治的には正しくない思考実験さえも一つの「伝統」として獲得してしまった特区。近代史の荒波の中で、北海道が引き受けた選択肢は、創造の沃野《よくや》を広げ続ける駆動力となって新たな物語を生み出し続けている。

写真は「宝窟奇譚」が掲載された「文藝倶楽部」の表紙。露伴の弟、幸田成友《しげとも》の回想によれば、成友が羅文と作り上げた作品であり、露伴は原作の物語世界を北海道に重ね合わせる手助けをしたにすぎないようだ。ただし露伴は、羅文の追憶に「予と共に宝窟奇譚を綴《つづ》り」と記しており、単なるアドバイスを越えて作品に関与した実感を持っていたようである。

佐々木譲

——榎本武揚の夢「共和国」の思想

忍澤　勉

作家・佐々木譲は、北に向かう物語をいくつか書いてきた。代表作『エトロフ発緊急電』（一九八九年、日本推理作家協会賞・山本周五郎賞・日本冒険小説協会大賞）と『武揚伝《ぶよう》』（二〇〇一年、新田次郎文学賞）から、北へと向かうことの意味を考えてみたい。

著者の祖父は択捉島で漁場の親方を務め、商店や孵化《ふか》場を持ち、さらに駅逓の取扱人だった。父親もその系列の会社に勤めていたが、召集されていて終戦時には故郷に戻れず、家族との再会は二年後に職を得ていた夕張だった。樺太の大泊にいた母親の家族も、ソヴィエト軍の進攻直前に島を離れて夕張に落ち着く。そこで出会った二人に一九五〇年、佐々木が生まれたのである。

彼は季節工として働いたのち、札幌の広告制作会社を経て、東京で自動車メーカーの販促部門や広告代理店に就職する。専業の小説家となるのは、「鉄騎兵、跳んだ」が第五五回オール読物新人賞を受賞した六年後の三四歳の時だ。

佐々木譲は北海道を舞台とする小説を数多く書いている。主人公の多くは移動を繰り返し、北海道から別の場所に向かう者もいる。『婢伝《ひでん》五稜郭』（二〇一一年）の三枝は樺太に逃れ、『北帰行』（二〇一〇年）の卓也とターニャも稚内から樺太に渡ろうとする。そして『エトロフ発緊急電』のクリル（クリール）人、宣造はカムチャツカを目指す。

『エトロフ発緊急電』では、日系アメリカ人の賢一郎が対米戦の情報を探るために日本に潜入する。スペイン市民戦争で義勇兵として戦った彼は、民主主義の大義に懐疑的だった。しかし特高に追われて、朝鮮人の金森が盾となって死んだとき、賢一郎は考え方を改める。諜報《ちょうほう》活動の結果、彼は択捉島の単冠湾《ひとかっぷ》で大規模な軍事活動があることを知り、北海道へと向かう。

佐々木譲の父親は、連合艦隊の艦影を単冠湾で目撃していた。幼い頃から何度も聞かされた情景を、著者は三〇年後に物語に仕上げたことになる。

彼の若い日々は一九六〇年代末の激動の時期にあたる。一九九〇年の週刊誌「朝日ジャーナル」掲載の対談ではこの小説で「自分の政治的なメッセージをあからさまにしてしまった」と話す。それは強制連行された金森や、南京事件で恋人を殺された宣教師スレイセンの言動に表現されているが、より明確になったのは、『武揚伝』だろう。

榎本武揚は若い頃、北海道の巡察に同行しその地に大きな可能性を見だしている。それがのちに箱館に共和国を樹立する伏線となる。長崎の海軍伝習所で学び、やがてオランダへの留学の途に就く。そこで彼は近代的な思想や技術に裏付けられた合理主義と出会い、自分のものとする。帰国した彼は幕府が旧態依然なことを嘆くが、幕臣の一人としての責務を果たそうとする。しかし江戸が開城されるや、海軍を率いて北へ向かい、箱館で反討幕派を糾合した事実上の共和制政権を樹立する。

江戸脱出に際して榎本がつぶやいた「艦隊の各艦船が、われらの自治領である。われらの浮かぶ共和国である」は、彼が獲得した思想を表している。

著者は小学生の副読本で、北海道が独立国だった時期があったことを知る。以来、その時代と榎本に興味を持ち続ける。そして史実を積み重ねることによって、明治期に喧伝《けんでん》され、久保栄の『五稜郭血書』（一九三三年）から安部公房の『榎本武揚』（一九六五年）に至る北海道文学の文脈で描かれた「裏切り者」としての榎本像を払拭《ふっしょく》した『武揚伝』を書き上げたのである。

佐々木譲は幼い頃のときめきを、共和制による地方分権、あるいは独立国家、民主制のありようとして『武揚伝』に結実させる。そこにはこの理想と独立性が継続したならば、琉球や別の地方にも伝播《でんぱ》され、やがて日本が世界大戦へと至る愚かな道を辿《たど》ることはなかったという著者の意志が含まれている。それはまた愚かなことが繰り返されようとしている今こそ、必要な視点と考えられる。物語の冒頭、幼い榎本は父親から手作りの地球儀を渡され、日本がいかに小さな国であるかを知る。科学的な思考に裏打ちされた世界観の獲得の萌芽《ほうが》であり、好奇心が一気に広がった瞬間でもあった。物語が閉じられる時、臨終の床にある彼は昏睡《こんすい》の中、沈んだはずの開陽丸に乗り込み「地球儀を」と発する。それは共和国が未完成に終わったことの忸怩《じくじ》たる思いと、再び自由と平等を求めて、希望の地である北海道へ向かわんとする意志の表れだったのではないか。

【追記】その後、『沈黙法廷』（二〇一六年）、『真夏の雷管』（二〇一七年）、『英龍伝』（二〇一八年）を刊行。初めての本格ＳＦである「抵抗都市」を発表している。「小説すばる」で連載。他に「文藝」、「小説宝石」、「オール讀物」などで連作。

『武揚伝　決定版（上・中・下）』（中央公論新社、二〇一五年）は、『武揚伝』（二〇〇一年）刊行後に進展した研究や新資料を検討し、大幅に加筆修正している。これによって著者は、かつて流布された蝦夷《えぞ》共和国が「まぼろし」であり、榎本武揚を「二君にまみえた裏切り者」とする見方を退けている。中公文庫、二〇一七年に収録。

平石貴樹
――漂泊者が見た「日本の夢」と限界

巽　孝之

平石貴樹という名を初めて知ったのは一九七九年のことだ。

当時、彼は一九世紀アメリカ・ロマン派文学を代表する文豪ハーマン・メルヴィルに打ち込む若手研究者として、刺激的な論考を発表していた。一九八三年、第七回すばる文学賞受賞作「虹のカマクーラ」で純文学作家としてデビューし、一九八五年、初の長編小説『だれもがポオを愛していた』では新本格前夜を告げる新進ミステリ作家としても頭角を現し、複数のシリーズはいまも続く。作家デビューと同年に東大で教鞭《きょうべん》を執り始めてからは二〇世紀モダニズム作家ウィリアム・フォークナーを基軸にした『メランコリックデザイン』（一九九三年）、『小説における作者のふるまい』（二〇〇三年）、『アメリカ文学史』（二〇一〇年）といった重厚な学術書をぞくぞく世に問い、フォークナーの代表作『響きと怒り』を新訳し、『アメリカ短編ベスト10』（二〇一六年）を編訳。学界では日本アメリカ文学会会長、日本ウィリアム・フォークナー協会会長を歴任。作家にして学者、翻訳家、アンソロジストとして、それぞれ高品質な仕事を残している。

一九四八年函館市生まれ。ペリー提督の黒船来航に伴い、翌一八五四（嘉永七）年の日米和親条約の締結とともに開港したこの国際都市で生まれ育つも、小学校以降は東京に移り住むため、やがて平石貴樹における北海道は脳裏で美化されたという。前述のとおり、彼はむしろポオやフォークナーなど、アメリカ南部の作家への造詣が深く、具体的に北海道が登場するのは単行本『虹のカマクーラ』併録の受賞第一作「札幌の子供」（一九八四年）やミステリ小説『スノーバウンド@札幌連続殺人』（二〇〇六年）など数えるばかりだ。

しかし、平石が傾倒してきたメルヴィルは、まさに函館をも一環とする松前藩の領域において、環太平洋文学史と我が国の英語教育史を切り結ぶ。代表長編『白鯨』（一八五一年）には、日本を「二重にかんぬきのかかった国」（第二四章）と呼び、エイハブ船長が海図の中でも「日本、松前、四国」（第一〇九章）に注目するくだりがあるのを思い出そう。ここには自身が捕鯨船平水夫だった漂泊の作家メルヴィルが、ペリー来航に五年も先立つ一八四八（嘉永元）年に、日本こそわが故郷と夢見て利尻島に漂着し松前藩に捕囚されたアメリカ原住民の鯨捕りにして日本初の英語教師ラナルド・マクドナルドから学んだ跡が、多々見られる。日本人がアメリカの夢を育むよりも早く、北米人が日本の夢を胸に抱いていたことの、これは証左である。そしてまさにこの『白鯨』という小説を自分が書きたかった、と賞賛《しょうさん》以上の嫉妬をあらわにしたのが、フォークナーであった。

こうした漂泊者の視点は平石文学とも決して無縁ではない。

たとえば、作家デビュー作となった「虹のカマクーラ」。わたしは同作品が出てすぐ初出誌で一読したが、一九八〇年の晩秋、東京駅地下街のハンバーガー店で、アメリカ中西部はシカゴから来て、日本の原発で危険な仕事を請け負う出稼ぎ労働者の黒人青年ボブと、タイから同じく出稼ぎに来ている少女娼婦ソムシーが出逢《あ》い意気投合するという奇抜な設定に一驚したものだ。ボブは「去年東海岸《イーストコースト》の原子力発電所で事故」があったことにふれ、自身の仕事を母国の恋人が辞めさせようとしたことも語っている。本作品が3・11東日本大震災を機に柿谷浩一によって編纂《へんさん》されたアンソロジー『日本原発小説集』(二〇一一年)にも再録されたゆえんだ。

さて、日本語を母語としないボブとソムシーは、アメリカの夢ならぬ日本の夢を胸に来日し、互いの漂泊者的境遇に共感して会話をはずませる。そして、ふたりが観光がてら赴いた鎌倉にて、ボブが外国人労働者として内面に抱え込んだ矛盾が爆発し、ひとつの暴力事件がクライマックスを導く。それはもうひとりの外国人労働者ソムシーをも触発する。

彼女は学校の先生になりたいという夢を捨て、新たな確信を得る。「わたしは鰐《わに》になるの」。折しも「ジャパン・アズ・ナンバーワン」と叫ばれた高度資本主義日本のとば口で、若き外国人漂泊者たちは「日本の夢」を期待しつつ来日しながらも、それがつまるところ「日本の悪夢」でもあるのを実感せざるをえない。アメリカの夢と日本の夢が互いに互いの可能性と限界を照射し合う瞬間。鯨捕りの時代は終わったが、鰐たちの時代は始まったばかりだ。そこに平石文学の原点を見る時、かくも皮肉なる日米関係の起源がマクドナルドの松前藩（利尻島）漂着から始まっていたことをも、決して忘れるわけにはいかない。

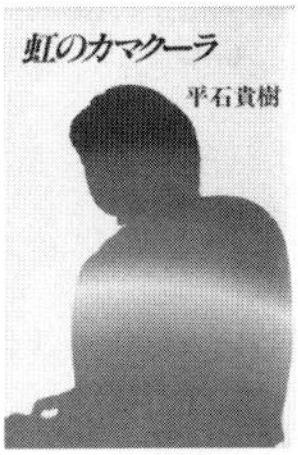

平石貴樹『虹のカマクーラ』（集英社、一九八四年）には、第七回すばる文学賞を受賞した表題作と、「すばる」一九八四年四月号に掲載された「札幌の子供」が収められている。この単行本は絶版で入手困難な状態が続いていたが、二〇一一年、表題作が柿谷浩一編『日本原発小説集』（水声社）に収められた。

高城高
――バブル崩壊直視　現代に問いかける

松本　寛大

高城高《こうじょうこう》は昭和三〇年代にハードボイルド小説の先駆者として活躍したが、一時は幻の作家だった。主な発表の場所だった雑誌の廃刊や、新聞記者としての業務の多忙などを理由に作家活動から遠ざかったためだ。長い中断を挟んだのち復活を遂げたのは『X橋付近　高城高ハードボイルド傑作選』(二〇〇六年)にて。『眠りなき夜明け』は、その高城の最新作であり、『夜明け遠き街よ』『夜より黒きもの』と並びバブル期のススキノを描く三部作の完結編だ。

高城高の魅力は何よりもその文章にある。新聞記者出身の作家は少なからずいるが、取材を重んじ、事実を直視する高城の鋼のような文体は際だっている。

高城がデビュー作を書いたのはまだ東北大学の学生だった一九五四年。父親が英語の教師で米軍の将校とのつきあいもあったという家庭環境も影響し、次第にハードボイルドに惹《ひ》かれていった。米軍が読み捨てたペーパーバックが古本屋に並んでいた時代だ。筆を執るにあたっては、ヘミングウェイらの硬質な文体を日本語にいかに移せるかを模索した。

それは禁欲的なまでに情緒を廃した文章だ。高城はディテールを積み重ね、行動を描く。描写は詳細ながら表現はシンプルだ。抑制が普遍性を生む。個人にフォーカスを当てることが多かった過去作と比較すると、明治時代の函館を舞台にした近作『函館水上警察』以降は歴史という大きなものを活写しようという挑戦も感じられる。

ススキノ三部作を通して読むと、歓楽街の夜に生きる男たちと女たちの人間模様が、主人公であるキャバレーの黒服、黒頭《くろず》悠介の静かで澄んだ視線を通して浮かび上がる。それは流されることのない記録者の目だ。読み進めるうち、ススキノという場所そのものこそが主人公ではないかとすら思えてくる。

シリーズ第一話は一九八四年にはじまる。完結編の本書で描かれているのは一九八九年から九〇年にかけて。いつまでも続くと思われた狂騒が終わろうとするほんのひとときを切り取っている。

金融機関の不動産向け融資の伸びを抑える、いわゆる総量規制が行われたのは一九九〇年三月。当時すでに「この繁栄はバブルなのではないか」との認識はあったが、地価や株価の下落はある程度の範囲におさまるとも考えられていた。むろん、そうはならなかった。

何もかもが遅れた。政策当局は不良債権問題の深刻さはわかりえたにもかかわらず、その対策を先送りにした。北海道経済の対策の出遅れはそれ以上だ。拓銀（北海道拓殖銀行）が経営破綻したのは一九九七年一一月。当時の異様な喪失感を覚えている者も多いだろう。

本書序盤に、こんなシーンがある。黒頭らの会社はいま、銀行から融資を受けて札幌駅前通りにビルを買おうとしている。黒頭が総務部長にいう。経済通の知人の話では現在の不動産景気をバブルと呼ぶ学者がいるそうです、中身がない泡はいずれ弾《はじ》けます。その話をきいた部長は「なるほどな。弾ける前に捉まえねばならんということか」とこたえる。

後半におさめられた「夜よりも黒く」という一篇は、ススキノの電車通りの小さな食堂からはじめて大会社を築き上げた女性の物語だ。ビルから飛び降りた彼女を救急隊員が運び出す場面から物語ははじまり、読者は回想シーンによって彼女の人となりを知る。ラストは彼女の落ちた空き地を黒頭がビルから見下ろすシーンだ。「花曇りにはまだ早いが、星も見えない暗い空」が広がっている。一九九〇年四月のことだ。バブルはまもなく弾ける。誰も予測できなかったスピードですべてががたがたになっていく。

「早く対策すべきだった」とあとからいうことはたやすい。だが、人は事実から目を背け、思い込みによって行動するものだ。だからこそ高城高は過去と現在を静かに写し取っていく。デビュー時から一貫して、「正しく見る」ことが高城にとってのハードボイルドだ。

そぎ落とされた表現と、物事を単純化して語ることは別だという注釈は必要だろう。感情を込めて語られる簡単な言葉というのはくせ者だ。力強くきこえてしまうし、単純化によっていたずらに何かを切り捨てている場合も多い。「時流に乗ってうまくやれば経済は力を取り戻す」といったタイプの強い言葉が、いまは蔓延《まんえん》しているように思えてならない。

バブル崩壊後、現在に至るまで日本経済は停滞しつづけている。生産性は伸び悩み、雇用や社会保障は問題が山積みで、民間消費はいっこうに回復しない。それでいて問題を先送りにしてはいないか。中身のない期待を抱き、「弾ける前に捉まえねば」と思ってはいないだろうか。高城高は正史に残らないバブルの記録をこの三部作で描いてみせた。それを過去の出来事と懐かしむばかりでよいのか。二〇一七年は拓銀破綻から二〇年という節目の年だ。わたしたちひとりひとりがいま問いかけられている。

高城高は一九三五年函館市生まれ。一九五五年、『X橋附近』が江戸川乱歩に認められデビュー。北海道新聞社に勤務しながら作家活動を展開するが、のちに沈黙。二〇〇六年に復活。本名の乳井洋一名義ではアイヌ民族関係などの共著も。

柄刀一
——無意味な死に本格ミステリで抵抗

田中　里尚

柄刀一《つかとうはじめ》は一九五九年、早来町（現胆振管内安平町）に生まれた。高校卒業後、『密室キングダム』の原型となる作品を書き上げる。その後、投稿を続けながら様々な職業を経験する。実質的なデビュー作は、一九九四年の『本格推理』シリーズに掲載された「密室の矢」である。九七年度の第八回鮎川哲也賞最終候補作の『三〇〇〇年の密室』が書籍化され、その名が広く知れ渡るようになった。以後、柄刀は現代的な主題を、「論理」をもって「謎」を解き明かす本格ミステリという枠の中で融合させる優れた手際で、コンスタントに作品を刊行しつづけている。

北海道が登場する柄刀作品は必ずしも多くないが、作家の原点ともいえる二〇〇七年に上梓された『密室キングダム』、そして、二〇一四年に上梓された長篇ミステリ『密室の神話《ミサロジー》』など、主要な長篇においては必ず事件の舞台に選ばれている。場所に関して、柄刀は「作中の土地は、一種の異世界の入り口に相当する」と、二〇〇二年のインタビューで述べているが、北海道という土地も、そのような「入り口」に相当するものなのだろうか。

『密室キングダム』は、二〇〇七年に大幅なリライトを経て成立した作品である。札幌で「道内居住の世紀の大マジシャン」吝一郎《やぶさかいちろう》のカムバック公演が、大々的に行われたのち、選ばれた観客五〇人が、自邸での公演にも参加できることとなった。探偵役の南美希風《みなみみきかぜ》もその一人だった。

自邸で、一郎は棺桶《かんおけ》の中からの脱出劇を実行しようとした。しかし、不穏な様子に関係者が調べに行くと、一郎は棺桶の中で胸に杭《くい》を突き立てられて絶命していた。しかも、棺桶、それが置かれた部屋、そして部屋の周囲の廊下にいる報道陣の視線という三重密室の中での犯行。いかにして、密室は可能になったのか。そして、犯人はなぜこのような複雑な手続きをとるのか。その問いの解明が『密室キングダム』の主旋律となっている。

この小説は、昭和の終わりに書いた自作を二〇〇〇年代に書き直すという作業の元で成立している。プロローグとエピローグでの対話は、過去の自作が拠《よ》って立つ枠組みに対する自己言及とも読める。例えば、「昭和の大時代的な演出に殉じたマジシャン」や「懐古型の犯罪形式」という表現は、謎解きの論理性を重視する本格ミステリに対する柄刀自身の自問自答とも言えるのではないか。

この『密室キングダム』の趣向を裏返した作品が『密室の神話《ミサロジー》』である。北海道の「裏幌《りほろ》市」にある学校を舞台にした四重密室殺人の謎が軸となる物語である。その架空の行政区は「札幌市の数十キロ北、旭川市寄りに位置」し、「美唄山やイルムケップ山を東に望む」場所で、砂川市か滝川市あたりがモデルと思われる。それを解き明かそうとする素人探偵と匿名のネットユーザーたち。ネット内では殺人にまつわる見立てやトリックが考察されるが、彼らの推理を裏切るかのように、即物的に物語は進む。

逆説に見えたものがそのまま真理へと転化する論理の均整美を『密室キングダム』が映し出しているとすれば、『密室の神話《ミサロジー》』は真相が捏造《ねつぞう》され、暴走する醜悪な時代を表しているのだ。

柄刀一は、自分の軸である本格ミステリの過去と現在を、表裏の関係として作品に配置してみせた。『密室キングダム』では、ミステリの歴史が培ってきたトリックを複雑に組み合わせた犯罪が扱われているのに対し、『密室の神話《ミサロジー》』では、尊厳や愛憎のない犯罪が強調されている。ネットの暴力も、突発的な犯行も、どこにでも起こりうる事件で、北海道らしさを意図的に排したものとなっている。柄刀は、そうすることで、無意味な死と偶然に遭遇しかねない現代社会をえぐり出した。そして、この圧倒的な無意味に対し、本格ミステリという「異世界」を構築することで対抗しようとしているのだ。

探偵役の南美希風は「現世を慈しめるほどの強い余裕」がなければ、「夢との語らいは自己陶酔的な逃避」に帰着すると述べる。柄刀一は、本格ミステリという「夢」を「逃避」の「入り口」にしてはいない。死の背後にある固有の物語を「異世界」で表現しながら、現実への「入り口」を創り、新たな北海道への通路を拓《ひら》こうとしているのだ。

「現世で起こる悲劇や終焉《しゅうえん》すら慈しめるほどになることが成長なのかどうか」と、南美希風の言葉を通して懐疑しながら、柄刀は、本格ミステリという「夢」を通って読者を現実へと向き合わせるという困難な論理の完成を追い求めているのだ。

【追記】二〇一六年には光文社文庫書下ろしで『猫の時間』を刊行。二〇一七年に講談社ノベルスから奇蹟審問官アーサー・シリーズの『月食館の朝と夜』を刊行。二〇一八年には祥伝社から『ミダスの河　名探偵・浅見光彦ＶＳ天才・天地龍之介』を刊行。二〇一九年五月には光文社から『或るエジプト十字架の謎』を刊行し、健筆を振るっている。

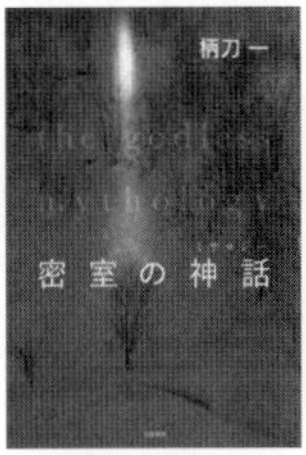

『密室キングダム』（二〇〇七年、光文社刊）と、続く『密室の神話』（文藝春秋、二〇一四年）で柄刀は、「本格ミステリ」の過去と現在とを、合わせ鏡のように配置した中央に、自身が立っていることを示した。合わせ鏡は、互いを照らし出すとともに、見えているのに入ることのできない無限に近似した回廊を作り出す。柄刀一はその向こう側に、理性や真理の限界状況を見ている。

第三部　叙述を突き詰め、風土を相対化——「先住民族の空間」へ

渡辺一史

――「北」の多面体的な肖像を再構成

高槻　真樹

私のような大阪在住の者にとって、北海道はマスメディアで大量生産される旅行記を通して記述される土地でもあった。実際、地元の図書館や書店で出会うその内容は実に多様で、切り取り方も様々だった。豊饒《ほうじょう》な自然、アイヌ文化と開拓の歴史、豊かな食と農、疲弊する経済、荒涼たる大地……。

一九六八年生まれのフリーライター渡辺一史《かずふみ》の手による『北の無人駅から』（二〇一一年）は、これまでに書かれてきた多数の北海道旅行記とそこから生み出されたイメージを批判的に受容し、再構成してみせた画期的著作である。八〇〇ページ近い大著であるにもかかわらず、手元にある単行本の奥付は五刷（二〇一七年時点で六刷）で、いかに幅広く受け入れられたかが分かる。第三四回サントリー学芸賞をはじめ、多数の文学賞を受けるなど高い評価が与えられた。

渡辺の著作は、ある「気付き」を与えてくれた。「内地」から見たイメージを形成してきた過去の旅行記が、バラバラな断片の羅列にとどまり、具体的なひとつの像を結んでいないということに。

札幌オリンピックの年、一九七二年に刊行された坂口よし朗『北海道の旅』は、保育社カラーブックスの一冊。百万都市と原初の自然が併存する構図は、既にここで見ることができる。バブル期の一九八〇年代、TVや雑誌などでは荒涼とした辺境性が強調されていたことをよく覚えている。OLの失恋旅行先となり、迷える若者の自分探しの旅行記も見られた。旅先に自分勝手なイメージを押し付けるという点はどちらも同じだ。

だが一九九〇年代以降、物見遊山的な自然観光が、ダメージを与えるとの批判が強まり始める。一九八〇年代から九〇年代にかけて、アイヌ文化への関心も、広く道外にまで浸透していった。一九九三年に釧路でラムサール条約締約国会議が開催、同年は国際先住民年でもあり、翌九四年に萱野茂がアイヌ民族として初の国会議員に選出されるなど、転換点となった事柄がこの時期に集中している。湿原を歩く心得を記したガイド本やアイヌ語地名を解説した新書などが、道外でも容易に入手できるようになってきた。旅先と対話し学ぶ姿勢を、意識する風潮が生まれているのは、喜ぶべきことだ。だが、それらは相変わらず北海道の一側面でしかない。

『北の無人駅から』は、こうした時代の流れを踏まえた上で、各旅行記が断片的にしかとらえることができなかった、北海道の多様な姿をすべて取り込み、複雑な多面体としての肖像を初めて具現化した。だからこそ、これほど膨大な分量が必要とされたのである。

出発点は道内各地の無人駅に置かれているが、鉄道マニア向けの本ではない。無人駅がなぜ無人駅としてそこに存在するかには、それぞれのドラマがある。美しい自然あるいは限界集落といった、特定の一面で切り取られがちな場所に、丹念に通いつめる。

名古屋出身の渡辺一史は、最初から特別な視点を備えていたわけではない。北海道にやってきた最初の動機は、「北の国から」や「ムツゴロウ王国」といった、ありふれたものだった。各章の端緒となる題材は、むしろ道外者にもおなじみの、よくある北海道イメージだ。美しい湿原、豊かな農産物、地域おこしの試み……。

だが札幌から時に往復千キロを費やして何度も通いつめ、その地に暮らす人々の間に分け入って繰り返し話を聞くうちに、当初思い描いていた構図が崩れていく。タンチョウの餌付けを巡る対立の背景に、環境保護活動で崩れた生態系が見え隠れする。コメのブランド化には成功したものの、競争か保護か次の一歩を巡り農家のすれ違いが続く。合併をめぐる衝突は、行政への距離が利害に直結してしまう小さい自治体の難題を浮き彫りにする。誰かが善で誰かが悪と峻別《しゅんべつ》できなくなり、バラバラに扱われていた自然、食、文化、経済といった要素が有機的に絡み合ってひとつの絵を描き始める。渡辺一史のこうした取材方法は、前著『こんな夜更けにバナナかよ』（二〇〇三年）にも見られる。美談として報じられた、難病の筋ジストロフィー患者・鹿野靖明と支える若者たちの輪を取材したが、純真無《む》垢《く》からほど遠い鹿野の強烈なキャラクターに衝撃を受ける。私たちの「障害者福祉」への先入観を揺さぶる一冊となり、地方出版として初めて講談社ノンフィクション賞を受賞した。二〇一八年には大泉洋主演でドラマ映画化も果たし、再び大きな話題となった。

この先入観が崩れる過程を渡辺は「自己破壊」と評している。壊された構図が再び別の姿を取り始めるまでじっと耐え、情報を集め続けるのは容易なことではない。この忍耐があったからこそ描かれた、新しい北海道の肖像がここにある。各章がそれぞれ本一冊分の高密度を有する。あなたの読書もまた、かつてない旅となるだろう。

渡辺一史は、北海道大学在学中に手がけたキャンパス誌が好評を得て、中退し文筆の道に入る。とはいえ地方でフリーを貫くのは容易ではない。自治体刊行物を手がけながら、出る保証もない本の取材を重ね執筆を続けていくしかない。渡辺は自身のサイトで語る。「あきらめないこと。それがすべて」だと。『こんな夜更けにバナナかよ』『北の無人駅から』（いずれも北海道新聞社）＝写真＝で数々の賞を受賞。

小笠原賢二
——戦後の記憶呼び起こし時代に抵抗

石和　義之

小笠原賢二は一九四六年に留萌管内増毛町に生まれた（二〇〇四年没）。開拓民の三代目で農家の三男だった。増毛での生活の様子は、小笠原の没後に纏《まと》められた『小笠原賢二小説集』（二〇〇六年）所収の短篇小説に窺《うかが》える。主要産業が漁業である増毛の漁港での囚人との関わり。海遊びの海岸で溺れかかり、その際に溺死体と遭遇したこと。夜の烈《はげ》しい吹雪の中の彷徨《ほうこう》体験。北の厳しい風土を通して子供なりに危機を潜《くぐ》り抜ける経験を経て、「よく晴れたおだやかな日和よりも、自然が激しく騒ぐ時の方が身内に充実を感じる」（「台風」二〇〇一年）ような感覚を身につけてゆく。

しかし、社会や歴史を鳥瞰《ちょうかん》的に眺める視線を獲得するような体験を持ったのは増毛ではなかったようだ。むしろ増毛は高度経済成長によって消滅する以前の風景の感触を小笠原に残した。であるがゆえに、永年《ながねん》にわたって少年期の物語を連作として書き継いだ。本質的な文学者の言葉は、取り替えることのできない原初的な風景と結びついている。公的には文芸評論家として活動し多くの評論を書きながらも、小笠原は宿命的な個人としての風景を小説の中に求めたのかもしれない。終戦の翌年に生まれた小笠原は戦後の日本の風景の目撃者であり、その生涯は戦後の地方出身者の典型だった。

小笠原と同年生まれの批評家三浦雅士は、日本の思想の移り変わりが、戦後の混乱期には実存主義に、高度成長期には構造主義に、大量消費社会の到来期にはポスト構造主義に対応している、と指摘している（「思想という商品」）。それはイデオロギー（岸信介）から経済（池田勇人）へという戦後社会史の流れと対応するものであり、中学卒業後いったんは東京の町工場に就職した小笠原は、日本の戦後のプログラムの忠実な体現者であった。そして北海道もまた、そのプログラムに組み込まれていた。小笠原が集団就職で上京したように、北海道は都市部に対して経済成長を支える安価な労働力を供給し続けたのである。

経済学者の岩井克人の分析によれば、本来インターナショナルな資本の論理と本来ナショナルな労働者の論理は対立関係にあるが、昭和三〇～四〇年代の日本には両者が共存し得る国民国家の資本主義が奇跡的に成立していた。日本の高度成長の勝因はここにあった。北海道の植民地化は、近代以降続くこうしたプログラムの一環としてある。田中角栄は列島改造によって日本から田舎を無くすとぶち上げたが、それもまた脱ローカルの運動だったのであり、結果としてはグローバリゼーションの波に自ら乗り込むことであった。

例えば、小笠原の小説にはアイヌ民族が登場する作品はなく、このことは小笠原がアイヌが見えない風景の中で育ったことを意味する。開拓三代目の小笠原が育った北海道は資本主義化されつつあった。それは日本の外であると同時に、近代日本の遅れた内部というものでもあった。資本主義は、むろんのこと、外を内部に取り込む運動としてある。文芸評論家である小笠原はそのことを日本文学の変容として目撃した。

大学時代、武田泰淳や埴谷雄高のような混乱期における実存主義的な文学を小笠原は愛読し、混乱期から高度成長へと向かう昭和三〇年代の最重要作家として松本清張を度々論じた。ところが後期資本主義時代に至っては「一九七〇年以降の日本文学には、かつてどの時代にも類推が不可能と思われる質を持った、とてつもなく大きな地層変化が生じている。そうした兆候はおおむねのところ、一九七五(昭和五〇)年以降明らかな形となり、以後、より急速に進行してきたように思われる」(「ヒッピーからマレビトへ」一九八九年)という発言をせざるを得なくなる。

小笠原が信奉した吉本隆明をも転向させた大衆消費社会から逃れるようにして、一九七〇年代末から小笠原は増毛を舞台にした小説を書くようになった。夫人の小笠原かず子氏によれば「毎年夏の帰省を夫はとても楽しみにしていた」という。大きな規模で経済一辺倒へと傾く日本の風景に対して、小笠原は増毛の記憶を呼び起こすことで、ささやかな抵抗を試みていたのかもしれない。近代のプロジェクトの一環である北海道新幹線の開通を、小笠原は生きていれば、祝福したであろうか。

『時代を超える意志――昭和作家論抄』（作品社、二〇〇一年）ほか、インタビュー集『黒衣《くろご》の文学誌』、『異界の祝祭劇』、俳人西川徹郎を論じた『極北の詩精神』などその文学活動は多岐にわたり、多くの文学者と交流した。小笠原の葬儀には菱川善夫、上野昂志、井口時男、松平修文、福島泰樹らが集まった。

清水博子
――生々しく風土を裏返す緻密な描写

田中　里尚

清水博子は、一九六八年六月二日に旭川市に生まれる。旭川東高校を卒業後、早稲田大学第一文学部文芸専修の卒業制作として『早稲田文学』に「マジョリカ譚《たん》」を掲載。一九九七年に、「街の座標」で第二一回すばる文学賞を受賞。二〇〇一年『処方箋』(集英社)で、第二三回野間文芸新人賞を受賞する。『ドゥードゥル』(一九九八年)『ぐずべり』(二〇〇二年)『カギ』(二〇〇五年)『ｖａｎｉｔｙ』(二〇〇六年)など、寡作ではあるが着実に作品を発表し、芥川賞をはじめとした文学賞の候補に幾度も挙げられた。二〇〇八年の『群像』(一二月号)に「台所組」を発表した後、沈黙が続いていたが、二〇一三年に急逝。

出身地である北海道へ、清水が向き合った作品集に『ぐずべり』がある。また「ないちがいち」(二〇〇四年)「ヤング・ドーミン」(二〇〇六年)など、単行本としては未刊行ながら、「ぐずべり」の中の人物が再登場する短篇を書き続けた。

小説を「書く」という行為にこだわり、何を書くかよりもどう書くかを重視した清水を、北海道文学に連なる作家とみなすのは難しいかもしれない。けれども、清水にとって、北海道文学の中に現れる日常的な風景を描写で反転させることは、小説技法の探究という彼女のミッションと切っても切り離せないものだったのである。

『ぐずべり』は、「亜寒帯」と「ぐずべり」という二つの短篇で構成されている。「亜寒帯」は冬を舞台にして、藍田亜子という人物の思春期の記憶が語られる。一方、「ぐずべり」は夏の避暑地での一幕が物語の中心にある。したがって、『ぐずべり』は冬と夏という北海道における特徴的な季節を強調する形で構成されている点で、風土性を意識した作品といえる。

「亜寒帯」が、思春期独特の世界への敵意を、一九六八年生まれの藍田亜子という人物の思念を通じて描こうとしているのに対して、「ぐずべり」は、語り手を一九九〇年生まれの鐙《あぶみ》理子へと移し、道音家の「歴史」へと視点が拡張される。その上で、北海道の夏と移住者家族の歴史を、複数の語りを絡ませながら描きだしている。

ただし清水は、一族の歴史を大河小説のように描こうとはしない。道音一族の再会の際、「子供の記憶の箱に分類不可能なままねじこまれるおとなの言動」を、中学生の理子は「自由研究」としてまとめようと試みる。しかし、一族の「おしゃべり」による歴史語りは、脱線や誇張や記憶違いなどによって錯綜《さくそう》し、整理できなくなった理子は検証を断念してしまう。

目的に向かって直線的に描かれる歴史に対して清水は、不確定で錯綜した証言が絡まり合った歴史を対置してみせる。いわば、開拓文学の書法を裏返して混乱させているのである。このように、清水は一貫して書き方を探究した作家であった。

その清水が最もこだわったのが描写であった。実のところ、この二作品の中で清水は固有名詞の使用を極力避けている。「亜寒帯」では主たる登場人物であった藍田亜子ですら「ぐずべり」ではＡＡと記述されることによって、記号の持つ定型化の力から逃れようとしている。例えば、中学生の亜子が三週間を過ごす「僻村《へきそん》」は、「脂が抜けて錆《さび》のような味のチョコレートのアイスクリームを売っている商店が一軒しかない過疎の村」、札幌は「地つづきで百四十キロ西にある地下鉄が縦横に走る政令指定都市」、東京でさえ「東の首都」と記されるくらい、徹底している。

具体的な記号を避けているからこそ、描写は生々しく読者に迫ってくる。「ぐずべり」という果実も、グーズベリーやスグリと聴けば図鑑の写真を想像するが、「ほとんど完全な球形の、筋と種が表皮から透けている果肉」を「もろい表皮を破らないように爪を立ててむしり」「口のなかで粘膜で崩して吸う」と描かれた果実は、どれだけ官能的なのか、と想像力がかきたてられる。

北海道の大地が連想させる牧歌的な自然との戯れも、清水の描写によって反転する。釣り餌として用いる蛾《が》の幼虫が棲《す》むイタドリを「虎杖」と書くと亜子が知ったとき、「虎の柄に似ていたのはイタドリの茎だったのか内部に巣喰《すく》う幼虫だったのか記憶が曖昧なほうが、細い管からねっとりとしたものをひきずりだす感触をより長くしまっておけた」と記すように、自然を丁寧に描写することで現れる不気味さを強調する。

言葉という虚構を用いて、清水は対象を描写することに精魂を込めた。そして、丹念に描写をすればするほど、対象の風景は奇妙に変形していくことに清水は自覚的であった。「亜寒帯」では冬の光景を、「ぐずべり」では夏の情景を、できるだけ緻密に描くことで風土性が生々しく迫ってくるという言語の現実性を、清水は生きてみせたのである。

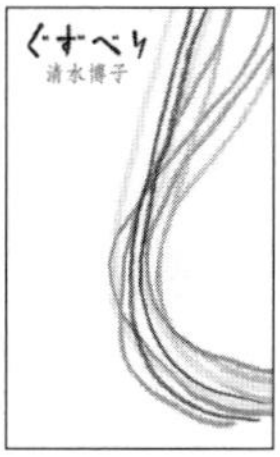

『ぐずべり』(講談社、二〇〇二年)は、清水博子の四作目の単行本となる。装丁は、渡島管内森町出身の池田進吾。シンプルだが、力強い表紙となっている。

「ろーとるれん」
——「惑星思考《プラネタリティ》」の先駆たる文学運動

岡和田　晃

戦後北海道の文学運動では、札幌・旭川といった大都市に留まらない文芸誌の隆盛が目を引く。鳥居省三が編集した「北海文学」（釧路市）は、原田康子や宇多治見《うたはるみ》、近年では桜木紫乃といった作家を輩出し全国的に知られる。木村南生《なんせい》と赤木三兵が立ち上げ、出堀四十三《しとみ》らが編集に関わった「山音文学」（胆振管内豊浦町）は一九五四年創刊、二〇一六年の時点で一二八号を数える。出堀の弟子であるアイヌ民族の作家・鳩沢《はとざわ》佐美夫が立ち上げたのが「日高文芸」（日高管内平取町）。向井豊昭、須貝光夫、山川力、新谷行《しんやぎょう》、平村芳美、熊谷啓一らが参画、一九七一年に鳩沢が急逝した後は盟友・盛義昭らが編集を担い、二〇一三年には特別号「鳩沢佐美夫とその時代」が刊行をみた。一九五〇年代から六〇年代にかけて活動が確認できる「平原文学」（富良野市、菊地信一主宰）については、現在調査中だ。

他方、上林俊樹・笠井嗣夫編「熱月」（一九七四〜八一年）、中館寛隆編『読書北海道　縮刷版』（一九九五年）や『必読北海道』（二〇〇三年）も重要だ。三浦祐嗣が論じた北海道初

のSF誌「コア（CORE）」のように、傍流とみなされてきたものは存在感が薄い。放浪詩人・江原光太（一九二三〜二〇一二年）が発行した「詩と雑文　ろーとるれん」（一九七二〜七七年）もまた、再評価が必要だろう。〈ろーとるれん＝変な固有名詞であるが、ぼくがベ平連の集会で名乗っていた「戦中派ベ平連」の愛称〉とは、江原光太の弁。このベ平連とは、江原光太が花崎皋平《こうへい》らと一九六六年に立ち上げた「札幌の」ベ平連（ベトナムに平和を！市民連合）を指している。

アジビラのような詩を集めて編まれた『北海道＝ヴェトナム詩集一』（一九六五年）で江原光太は、「朝鮮戦争や安保斗争のときも、こういうアンソロジーはできなかった」と胸を張る。なるほど、「ヴェトナムの民衆」と北海道文学を結ぶ発想は先駆的。反面、外国での戦争を観念的に捉える頭でっかちの部分もあって批判を受けた。

一九七一年、江原光太は自分のほかに「従業員のない」創映出版を立ち上げる。最初に出した本は『笠井清作品集一　海峡』。還暦を迎えた北海道プロレタリア文学の立役者・笠井清を押し出した。「ろーとるれん」は創映出版のPR誌という位置づけだったが、いきなり「宣伝効果は期待していない。ベストセラーは絶対につくれないし、つくる気もないからだ」と啖呵《たんか》を切る。発行部数は一五〇〇部。

当時、江原光太は笠井嗣夫らとともに『「北海道詩人協会」の解体に向けて』（一九七二年）を刊行しており、「ろーとるれん」はその延長にあった。戦争翼賛詩を書きながら戦後に詩人協会の幹部となった詩人、札幌オリンピックを無批判に礼賛する詩人らが批判され、「北海道文化」の位置を問う議論が活発に展開されたのだ。

創刊号（一九七二年八月）は表紙から北海道詩人協会への攻撃がなされ、ゲリラ的。縦二五五ミリ×横一一〇ミリほどで一六ページ。詩は江原光太「酸っぱい旗」に中田美恵子「紅筆」。矢口以文はウェールズの聖職者R・S・トーマスの詩を連載という形で紹介。

No.二（一九七二年一〇月）は、工藤正広（正廣）「さらせんさらせん――十月朔日に（西脇順三郎より）」や渋谷美代子「雨の美術館」といった詩に、法橋《ほっきょう》和彦による「民衆詩人」としての小熊秀雄論が載った。No.五（一九七三年四月）は小熊秀雄の特集号という面持ちで、中野重治による小熊への弔詩も採録。No.七（一九七四年九月）からは三二ページ。タブロイド判「アヌタリアイヌ」を編集した戸塚美波子の詩「カムイにきいてみなよ」が誌面を飾る。No.八（一九七五年八月）には熊谷政江（藤堂志津子）の「久しく会わない見知らぬ人への手紙」ほか。No.九（七七年五月号、終刊号）のみ二回りほどサイズが大きく、米山将治の詩集『ユートピア牧場』（一九七六年）への評（高野斗志美、笠井嗣夫ら）や、林美脉子《みおこ》の狂騒的なレポート「同じ阿呆《あほ》なら踊らにゃソンソン」が掲載された。奥付の住所は、札幌べ平連の拠点「二〇円コピーの店《こんとん》」内とあった。

現在の視点で「ろーとるれん」を読むと、押し付けられた権威を拒否する反骨精神にあふれた才能が、江原光太の周囲に集《つど》って創映出版から本を出し、自分たちこそが中心なのだと、商業的成功とは異なる野心を燃やしていたことが伝わる。とにかく作品が若々しくて艶っぽい。一九七九年、江原光太は創映出版から『貧民詩集』を刊行、上京して三里塚闘争を支援し、矢口以文や林美脉子らと「詩の〈隊商《キャラバン》〉北へ！」を結成、道内各地を四年かけて朗読を巡演した。ローカルながらも視野は広く、精力的な移動を通して風土性を上書きしていく、現代の「惑星思考《プラネタリティ》」を先取りしている。何と楽しげなのだろう！　かように熱い文学運動は、もう長いこと起きていない。

【追記】岡和田晃の『反ヘイト・反新自由主義の批評精神』（二〇一八、寿郎社）には、「江原光太と〈詩人のデモ行進〉」（「現代詩手帖」二〇一七年八月号）、「江原光太と〈詩人的身体〉」（「現代詩手帖」二〇一七年九月号）を収録している。

「ろーとるれん」が体現したような「惑星思考《プラネタリティ》」を別角度から裏付けるものとして、和田徹三（一九〇九～九九年）の形而上詩誌「湾」（一九五六～九九年）がある。詩人の個人的な結びつきが作品の評価まで左右する「詩壇政治」を和田は嫌い、ストイックに、かつ軽やかに思想を詩として形象化させた（古家昌伸「求道の詩人和田徹三」）。ただ実のところ、なぜか、本書で言及した『北海道文学全集』に和田の作品収録はなく、『北海道文学史　戦後編』にも和田の名はない。しかし、和田は茨城県水戸市の形而上詩人・星野徹（一九二五～二〇〇九年）と深い詩学的な交流があった。星野は神話批評・原型批評を核とする詩誌「白亜紀」（一九五七年～）を主宰しており、その批評性は「濤」にも強い影響を与えていた。北海道と茨城を結ぶ形而上詩の交流は、「惑星思考《プラネタリティ》」と呼ぶにふさわしい。

「固有の旗」として掲げた「ろーとるれん」発行のほか、江原光太は詩人の鷲巣繁男が上京の際にまとめた歌集『蝦夷のわかれ』（一九七四年）を印刷し、彫刻家砂澤ビッキのシュルレアリスム的な詩集『青い砂丘にて』（一九七六年）を編集するなど、出版人としても精力的に活動し、一つの文化圏を作った趣さえある。写真は「ろーとるれん」終刊号。

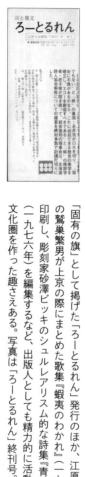

笠井清
――プロレタリア詩人「冬」への反抗

東條　慎生

プロレタリア詩人笠井清が「おふくろの死んだ十二月」と書き出した詩には、母のほかに姉、弟、祖父をも冬に亡くしたことが綴《つづ》られている。詩は「冬を憎み、冬に反抗した」、「世の中が変はるんだ／私は／冬をおそれてはならないのだ」と閉じられる。一九四〇年、戦時下で密《ひそ》かに書かれたこの「冬」という詩は、笠井の故郷に対する愛憎の原型だ。

北海道のプロレタリア文学者は数多く、上京して運動に携わるなか虐殺された小林多喜二、東京で転向文学によってデビューし敗戦直後に死去した島木健作などがいるなかで、笠井は札幌でプロレタリア文学運動（プロ文運動）に従事し、戦後も転向することなく一九九〇年に亡くなるまで旺盛な活動を続けた希有《けう》な書き手だ。

笠井清（本名清司《せいじ》）は一九一一（明治四四）年、砂川村（現砂川市）で生まれる。徳島からの開拓農民だった父は三年続いた石狩川の大氾濫と虫害で資産を失い、砂川村で木工労働者となる。四男清司はこの頃生まれた。九歳で母を亡くした彼は高等小学校卒業後、働きに出る。後に夜学に編入するものの、その頃父をも亡くし、旧制北海中学校（現北海高）も学費が払えず退学。このことが笠井の「貧乏人のない世の中」をめざす熱意の原動力となった。

文学青年だった笠井清は一八歳の時に榎本という友人に出会い、彼の「労働者階級への燃えるような熱情」に触れ、決定的な影響を受けた。晩年まで用いた榎本剣次郎という筆名は事故死した彼に由来する。

その後笠井清は一九三二年（昭和七年）、日本プロレタリア作家同盟札幌支部準備会の中心人物となり、機関誌を刊行する。第一号は即日発禁となり、第二号に榎本名義で発表されたのが、笠井の『全詩集』劈頭《へきとう》にある「水害地の兄弟へ」だ。石狩川の氾濫や一〇年にわたって争われた蜂須賀農場争議（雨竜村＝現空知管内雨竜町）を折り込みながら、不在地主への怒りと「兄弟」への連帯を呼びかけるプロレタリア詩だ。劇団主宰の安念智康（江別市）によれば、笠井は石狩川を敵だと語ったように、氾濫の石狩川と貧困への怒りが刻まれている。

戦後北海道における評論の隆盛を牽引《けんいん》した「北海道文学」などに連載の『札幌プロ文学運動覚え書』（一九七六年刊）には、弾圧に晒《さら》されながらの運動が生き生きと描かれている。

資料がほとんど残っていない北海道プロ文運動の数少ない証言は、東京のことに終始しがちなプロレタリア文学史を地方から眺め返す。大宅壮一が来道してようやく中央の活動がわかる場面や、多喜二の虐殺を獄中で知るなどの東京から二重に隔離された笠井の姿は、プロレタリア文学史、北海道文学史双方から見落とされる札幌プロ文運動の似姿だ。

『覚え書』で描かれた一九三三（昭和八）年の一斉検挙（四・二五事件）以後も笠井は活動を続け、警察に尾行されつつ雑誌を立ち上げている。多くの作家が転向し、歴史小説や農民文学に転換していくなかでも、笠井は戦前戦後でその姿勢を変えていない。戦後も、戦前に創刊した「北方文学」を復活させるほか、いくつもの文芸誌を立ち上げ、北海道新聞社で組合を組織し、レッドパージに遭い争議団を結成するなど、文学活動と政治活動に両輪のごとく携わっていた。大きな力に抵抗するため、個々人の小さな声を集める場としての雑誌を重視した笠井にとって文学とは政治と別のものではなかった。

一九八二年の詩「神がみの下北半島祭」は、むつ市の原子力船母港建設反対運動を描く反核詩だ。原子力こそ貧困の地方へ押しつけられる二重の抑圧の象徴で、富裕と貧困の階級的問題は中央と地方の地理的問題と交差している。笠井の詩における「冬」の意味はここにある。

近年でも六ケ所村、むつ市、大間を抱える核開発の下北半島という貧困と地方の交差する場から怒りの声をあげる木村友祐「幸福な水夫」(二〇一〇年)に、北から中央を見返す抵抗の系譜を見いだせる。

プロレタリア文学とは労働者「を」あるいは「から」書くのみならず、問題を階級的、政治的に捉え返す文学的闘争の運動のはずだ。北海道では石狩川ならずとも空知川はあふれ、冬季の過酷さや、広大さゆえの設備維持の困難さ、さらに原発再稼働をめぐる核の問題がありつつ、中央からは見落とされてしまう状況がある。漫画家の永島慎二は一九八〇年代のエッセイで笠井を七〇歳になってもプロ文運動に身をおく青年だと評した。彼が終生戦い続けた「冬」は現存し、その文業を読み直す意義は失われていない。

『札幌プロ文学運動覚え書』(新日本文学会出版部=写真、一九七六年)は、表題の回想や多喜二論、本庄陸男論のほか、笠井らが出した当時のプロ文機関誌を復刻収録している点が貴重。また、八子政信編『笠井清全詩集』(沖積舎)は詩とその綿密な校訂のほか、詳細をきわめた年譜が笠井の生涯を跡づけ、戦前戦後の北海道文学運動の重要な資料ともなっている。

松尾真由美
――恋愛詩越え紡がれる対話の言葉

石和　義之

詩人の松尾真由美は一九六一年、釧路市に生まれた。詩的な出発は意外に遅く、日記を書くことから詩に目覚め、一九九五年に個人詩誌「ぷあぞん」を発行し、一九九九年に最初の詩集『燭花』を出した。

その作品世界は、息の長い言葉の連なりによって構成される。果てしなく持続される言葉の運動は、揺らめき続ける水の運動を模倣しているようだ。そして水のように揺らめく言葉が語るのは、基本的には「あなた」という人称で呼ばれる存在への切ない恋情である。だから人はそれを「恋愛詩」だと安易に思い込んでしまう。実際、「潮の香りのなかで私たちは接合し／帰属するものなどないあらわな自由を堪能する」（「雨期に溺れるかすかな胚芽」、詩集『密約』＝二〇〇一年＝所収）といったエロティックな詩句が所々に散見されるのだから、あながち、そのような思い込みも間違いだとは言えまい。

だが、もう少し注意深く眺めてみるなら、その液体的な言葉の所々で、水が目指すエロティックな融合に対する批評が紛れ込んでいることに気づくだろう。「空隙《くうげき》」「隔壁」「欠如」「断層」といった、融合に対する阻止を暗示する漢字が多く登場するのだ。

よって、松尾の言葉は融合という水の夢を希求しながらも、避け難い障壁を自覚しつつ、それでもなお、あなた＝世界とのつながりへの意志を手放さない向日的な言葉なのだと言える。向日性に支えられているからこそ、松尾の言葉は、『燭花』の冒頭の作品のタイトル「水の囁《ささや》きは果てない物語の始まりにきらめく」が示すように、果てしない運動を持続することができるのだ。

ところで松尾の言う「水の囁き」とは何だろうか。詩作品に登場する「あなた」の真相を明かして読者に少なからぬ衝撃を与えた「私的詩論――回流・転換・消えゆくものへ」（二〇一二年）というエッセイがその手がかりになりそうだ。そのエッセイによれば、幼少期から松尾は海の近くで育ったのだが、松尾が一八歳の時に、この海で母親が死んだという。「母の身体は三日間海を漂い、遠い街の船に引き揚げられたが、私が見た柩《ひつぎ》の中の母は、傷ひとつなく、ただ静かに眠っているようだった」と、その情景が書かれている。

松尾にとって、「海」は、母子密着的な甘美な環境でもありながら、それ以上に、母と自分を絶対的に隔てる「柩」のようなものとしてあった。「水の囁き」とは、だから、彼岸から此岸《しがん》へと送り届けられる母（あるいはさらに拡大すれば他者）からの呼び声なのだと言える。「かがやく寒気の／旋律に耳を澄ます」（「冬の櫂《かい》への果てない輝度」、詩集『睡濫《すいらん》』＝二〇〇四年＝所収）というように、作品の主体は世界からの呼びかけに敏感である。聴覚を閉ざさずにおくことを倫理的使命としているかのように。

そして世界からの呼び声に作品の主体は指で応答する。笠井嗣夫がすでに指摘しているように（「水と枢と指先をめぐるあえかな旋律」、『松尾真由美詩集』＝二〇一二年＝掲載）、作品には指が頻出する。「触れることの高揚を／あえてあなたと確かめたい」（「なおも狂れゆく塵《ちり》の漂泊」、詩集『不完全協和音』＝二〇〇九年＝所収）というように、その指は絶えず世界に差し出され、応答の機会を待ち望んでいる。ともすれば、極度に抽象的だと見なされがちな松尾の詩は、自閉することなく、コミュニケーションの運動を実践している。言うまでもなくその実践は向日的なものである。

北海道に相応《ふさわ》しく涼やかな硬質性を帯びた言葉は、傲岸《ごうがん》な拒絶からは限りなく遠い応答の身振《みぶ》りを演じている。分断へと行きつく孤立に閉じこもることを慎み、無節操に統合を目指すのでもなく（統合はいつだって強者による弱者の併合である）、その中間で我慢強く対話の言葉を紡ごうとする。そのような言語的実践は、恋愛詩というスタイルを越えて、より良き世界を構想する良識ある文人の倫理的試みに近づく。

地方と中央の関係、就中《なかんずく》、国家間の緊張が高まっている状況にあって、他者との応答の言葉の運動を絶やさずにおく松尾の言語的実践は必要とされよう。「互いの差異は差異のまま／羽をからめて／ふくらむ飛行に／夢をこめる／まばゆい／追放の気化のなか／廃材のほのかな熱度で／放たれた憧憬のよう／糸と糸が／纏《もつ》れていく」（「さざめき、漂流へと秘めやかに熱度は纏れる」、詩集『睡濫』＝二〇〇四年＝所収）という詩句には、単独性を保持したまま共存を果たそうとするより良き世界へのヴィジョンが息づいている。松尾真由美の詩をたんなる恋愛抒情《じょじょう》詩だと侮ってはいけない。

【追記】二〇一七年に『花章――ディヴェルティメント』（思潮社）、二〇一八年に『雫たちのパヴァーヌ』（アジア文化社）と立て続けに詩集を発表し、意欲的な創作活動を続けている。

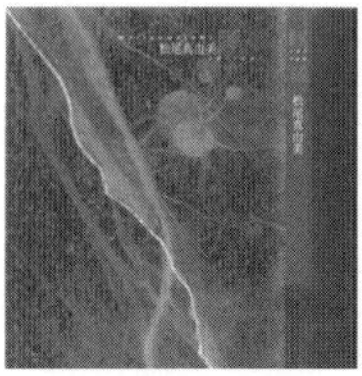

自らピアノを演奏する松尾真由美は、詩集の副題に「オブリガート」「コンチェルティーノ」など音楽用語を用いることもある。詩の醍醐味《だいごみ》を「非現実の現実性」に導かれるように主体が彼方《かなた》へと引き寄せられる体験だと考える松尾にとっては、音楽が詩の模範型である。音楽的資質が現世とは異なる秩序を官能的に描くことを可能にしている。写真は詩集「睡濫」（思潮社）。

林美脉子
――身体と風土拡張する宇宙論的サーガ

岡和田　晃

本連載は約三年間にわたって継続され、純文学・中間小説・SF・ミステリ・児童文学・現代詩・短歌、さらには文学運動と、既存のジャンルをまたいで北海道文学の成果を論じてきた。鍵となるのは、風土と歴史を直視することによる他者性の取り入れ方。この点から無視できないのが、札幌在住の詩人、林美脉子《みおこ》の仕事である。

一九四二年、林美脉子は滝川市に生まれた。高校三年の時、本名で書いた小説「哀愁」（一九六一年）が、谷川俊太郎や田中美知太郎も寄稿した文芸誌「いづみ」に掲載。「めらめらと空にむかう血潮のような」若さと孤独が、精緻な描写にて地元の自然へと溶かし込まれた。翌年、同人誌「北限」に「秋曇り」「鎮《しず》まる波」と小説を発表、一九六三年の「残り火」は、「文學界」や「文藝」といった中央文壇の同人雑誌評で高く評価された。だが、林は小説家を目指さず、天使女子短期大学（当時）から日本女子大学に進み、卒業後は高校の家庭科教師として長く勤務した。

一九七一年、浅野明信の主宰した「北海詩人」に入会してから、詩を発表し始める。一九七二年には、中田美恵子との共同編集による詩誌「アンドロメダ」を創刊。この頃、屯田兵として入植した祖父の遺品を整理し、空知野という土地性（トポス）と仏教的な宇宙観を意識する。一九七三年、笠井嗣夫が編・解説をつとめたアンソロジー『狼火《のろし》』に参加。水無川理子・杉原佳代子・柴橋伴夫・熊谷政江（藤堂志津子）らと一緒に、北海道を代表する新鋭詩人と認められた。翌一九七四年には、江原光太の創映出版から、第一詩集『撃つ夏』を刊行。「朝日新聞」で「硬質のけだるい観念的リリシズム」と評される。

身体へ深く刻印された性（生）の傷痕と、いきり立つ暴力の内実。一九七五年創刊の個人誌「遊郭」に見られる、限界まで切り詰められた呪術的な筆致は、ぶるぶる震えた手書きの文面も相まって、通過した苦しみを生々しく伝える。第六次「思想の科学」に寄稿した「たとえばはなれ瞽女《ごぜ》の唄のように」（一九七九年）で告白するように、林にとって「遊郭」は、滝川に実在した色街にとどまらず、「女郎部屋の紅柄格子」の陰にあった「奥に坐《すわ》るなにものかの暗い炎」であり、「いのちへの、とらえがたい恐怖と執着」をも意味した。

第二詩集『約束の地』（一九七七年）の表題作では、「耳ふさぎ／約束の地にひざを折ると／胸いっぱい／乳があふれた　ああ／乳の中の星ぼしよのど奥の砂の慟哭《どうこく》よ」と、砂漠への憧憬《しょうけい》が悲壮感をもって歌われる。その言葉に導かれたのか、一九八〇年から幾度もインドを訪れた詩人は、白石かずこの帯・栞文《しおりぶん》を添えた大判詩集『緋《ひ》のシャンバラへ』（一九八五年）に、インド体験を結実させた。父の死、自身の大病からの恢復《かいふく》をも意味する仕事であった（二〇〇一年には書家の玉井洋子が同作を題材にした個展を開いている）。ここから、がらりと作風は変わる。八四年より刊行した個人誌「緋境」等での発表作を集成する『新シルル紀・考』（一九八八年）では、科学者カール・セーガンの宇宙論を参照しつつ、「崩壊線ぎりぎりの　これが銀河の欠如の抱卵だ」（「日没」）と、哲学的な愛の起源を雄大かつ文明史的に問うている。

　だが、その後、「ユリイカ」「北方文芸」「ラ・メール」等に詩を発表するも、二〇一一年、『宙音《そらね》』（第四五回北海道新聞文学賞詩部門受賞作）にまとまるまで、二〇年あまりの沈黙を余儀なくされる。この間に詩人は、国連の「女子差別撤廃条約」に端を発した、高校家庭科教育における男女共修実現に取り組む。私生活では、次第に深刻化する母の介護で疲弊した。二〇一三年発表の『黄泉《よみ》幻記《げんき》』には、「降り積む深い雪原に／白い秘跡の指を立てて／深層の界《さかい》に夢をゆりさまし／はるか／ピンネシリ山脈の向こう／迷妄の河口で／幻はうつつにこれをかき乱して」（「暁の聲《こえ》」）との背景に、母の声が赤裸々に刻まれている。

ただし、苦闘は表現される世界に、自律した奥行きをもたらした。続く『エフェメラの夜陰』(二〇一五年)や『タエ・恩寵《おんちょう》の道行』(二〇一七年)も含め、現代詩とSFを〝習合〟させた独自のサーガ(神話大系)が立ち上げられたのだ。ジェンダーへの批評的な視座を通過することで、身体と風土を宇宙論的なスケールにまで拡張させた、まさしく「惑星思考《プラネタリティ》」の体現である。

それでいて、「禍禍《まがまが》しい星昏《ほしくら》の死角に」(「欺きの隙」、『タエ・恩寵の道行』所収)に宿る、虐げられた者たちの声を決して聞き漏らさない。林美脉子の詩的宇宙には、北海道の負の歴史も投影されているのだ。

【追記】その後、林美脉子は、それまでなぜか縁がなかった「現代詩手帖」に作品が出るようになり、二〇一八年七月号には新作「冬の鬼火」を寄せている。

第八回ケネス・レックスロス詩賞を受けた一九八二年発表の「予兆」では、「敗残の首をころがし/びっしょりの執着にからみあう男女の姿態」と、ＩＳ(イスラム国)を思わせる光景が幻視された。二〇一七年に刊行された第八詩集『タエ・恩寵の道行』(書肆《しょし》山田=写真)では、その主題が、「いたるところでテロルと惑乱だ」(「深譚《しんたん》=のぐ音」)と、切り込み深く問い直される。

柳瀬尚紀
——地名で世界と結び合う翻訳の可能性

齋藤　一

二〇一六年に惜しくも亡くなった柳瀬尚紀（一九四三年生まれ）は、ルイス・キャロルやロアルド・ダールなどによる著名な英語圏文学の翻訳者、そして数多いエッセイの著者として知られている。その代表作といえば、二〇世紀を代表する小説家の一人、アイルランド出身のジェイムズ・ジョイスの長編小説『フィネガンズ・ウェイク』（一九三九年）の完訳であろう。アイルランドの伝承に世界各地の歴史や言語をミックスした、いわば「ジョイス語」による夢の文学。その日本語完訳は極めて難しいと考えられてきたため、柳瀬訳は発刊当時（一九九一、九三年）から大きな話題となり、議論の対象となってきた。

この柳瀬訳を通読した人は多くはないだろう。私も例外ではなかった。ところがある日、現代詩の第一人者の一人、吉増剛造による『フィネガンズ・ウェイク』単行本三・四巻の帯文（それ自体が詩である）の最後のフレーズ、「根室、ダブリンに」という言葉に目をとめたことが転機になった。作中には確かにアイルランドの首都ダブリンを舞台にしている箇所がある。しかし、なぜ「根室」なのか？

この疑問をきっかけとして柳瀬訳を熟読したところ、この訳にはかなりの数の北海道の地名が盛り込まれていることに気がついた。興味のある方は拙論（「柳瀬尚紀訳『フィネガンズ・ウェイク一〜四』のアイヌ語地名について」）を参照していただきたいが、例えば斜里、羅臼、根室は何度も出てくる。「そしてわしがえっちらおっちら夢《ゆめ》のなかをとろとろぶらぶらしていると、ありゃま、根室《ねむろ》ーっておっぴろがりな声《こえ》がしたと思《おも》ったら」（三・四巻、四七八ページ）という具合である。原文の翻訳にこれらの地名を使うことの是非はともかく、吉増と柳瀬は、ダブリンを根室に、アイルランドを北海道につなげているわけである。なお柳瀬は根室市の出身である。

こうして北海道とアイルランドを関連づけて読むようになった私は、やがてアイルランドの著名な劇作家ブライアン・フリール（一九二九〜二〇一五年）の有名な劇、『トランスレーションズ』（一九八〇年初演）にであった（以下の記述と日本語訳は清水重夫＝一九九四年＝による）。

一八三〇年代、イングランドによる植民地支配が進行するアイルランドを舞台とするこの劇のテーマの一つは、アイルランド語地名の英語への翻訳である。第二幕、村のヘッジ・

スクール（アイルランド語で授業をしていた私設学校）の校長ヒューの次男オウエンは、イギリス軍のヨランド中尉とともに、村の地名の英訳に勤《いそ》しんでいる。「ブン・ナ・アウン」について、オウエンは「ブンっていうのはゲール語じゃ行きつく所という意味だ。そしてアウンは川という意味だよ。つまり川の入り口ということになる」「川が海に注ぐところにある、水浸しで岩だらけでいながら砂地のことだ……バーンフットだ！」と語る。なお「バーンフット」はＢｕｒｎｆｏｏｔと綴る。スコットランドでは「ｂｕｒｎ」は「小川」を意味するが、イングランドでの「ｂｕｒｎ」（燃える）の印象も強いだろう。「ｆｏｏｔ」は「足」だ。もとの意味はゆらいでいるが、ヨランドは淡々とこの提案を認め、オウエンは「じゃバーンフットだ。（彼は地名簿に記入する）ブン・ナ・アウンはバーン——」と答える。

このあと、ヨランドはオウエンを「とてもやり方が上達したね」と褒めているのだが、当然彼らのような人々に対して反感を持つものは、村には少なくない。やがて登場人物たちは翻訳作業も一つの原因であるさまざまな騒動に巻き込まれていく。

同様のドラマは蝦夷《えぞ》地・北海道でもあっただろう。例えば、私は村上春樹『羊をめぐる冒険』（一九八二年）の後半、本州からの開拓民を案内したアイヌ民族の青年と猟に来ていた一団、開拓民そして役人との地名をめぐるやりとりを思い出した。

柳瀬は北海道文学を英語に翻訳したわけではない。『フィネガンズ・ウェイク』の訳語に北海道の地名を使っただけである。しかしその翻訳はアイルランドを北海道につなげることで、私のような読者をジョイスからフリール、そして村上へと導いたのである。北海道文学の可能性を拡大深化していく「私たち」の傍には、きっと柳瀬のような「翻訳者」がいるはずだ。

【追記】ブライアン・フリール『トランスレーションズ』については、新聞連載時にいただいた貴重なご指摘をふまえて修正を加えています。

ジェイムズ・ジョイス著、柳瀬尚紀訳『フィネガンズ・ウェイク』三・四巻（河出書房新社、一九九三年）。帯文は表が井上ひさし、裏は中沢新一と吉増剛造（写真は裏面の帯）。一・二巻は九一年、河出書房新社より刊行。現在では三分冊の河出文庫版（二〇〇四年）が入手しやすい。

アイヌ口承文学研究
――「伝統的世界観」にもとづいて

丹菊　逸治

和人がヤウンモシリ（あるいはアイヌモシリ）をそれまでの「蝦夷地《えぞ》」にかえて「北海道」と呼ぶようになって二〇一八年で一五〇年である。江戸時代の漁業プランテーション的植民地から、大量移民による入植植民地へという方針転換とともに名称も変更したわけである。だがそれ以来、先住民族であるアイヌ民族は苦難の道を歩んできた。ほとんどの地域で村単位での強制移住を経験し、多数派から少数派になり、同化政策の対象とされ、不利なまま近代化に直面せざるをえなかった。

アイヌ語話者の減少とともに口承文学も大打撃を受けたのだが、現在まで独特の文学空間を守り続けてきた。「銀の滴降る降るまわりに」で有名な知里幸恵『アイヌ神謡集』（一九二三年）の第一話では、主人公であるシマフクロウがわざわざ自分から少年の矢に当たる。その理由はアイヌ民族の伝統的世界観に関する知識なしには理解しにくい。

だが意外なことにアイヌ口承文学研究の創始者ともいえる金田一京助（一八八二～

一九七一年）は著作であまり伝統的世界観の解説をしていない。もちろん十分な知識があったはずだが、彼の文章はむしろ構造分析や印象批評に近い。彼が研究対象とした道南西部のポイヤウンペ叙事詩群は破天荒な英雄の物語であり、物語の作法さえつかめばむしろ現代の読者にも分かりやすかったのだ。だが金田一の後継者である久保寺逸彦・知里真志保・萱野茂らが注目した昔話や神謡を理解するには、カムイ（神）を巡る世界観の知識が不可欠だった。彼らは一見分かりにくい口承文学作品を伝統的世界観で見事に読み解いてみせた。

物語内では動物たちが自ら猟師の矢に当たり、「矢に当たろうとしない動物たち」が非難されるが、それは「火や水など森羅万象や動植物は全てカムイ（神）である」「狩猟とは動物による人間世界の訪問である」などの伝統的世界観によるのである。

アイヌ民族出身を明かして国会議員となった萱野茂は研究者でもあり、知里真志保との出会いを機に一九六〇年代から口承文学の録音を始め、『ウエペケレ集大成』（アルドオ、一九七四年）や『萱野茂のアイヌ神話集成』（ビクター、一九九八年、CD付き）などにまとめた。金田一の叙事詩調査にも同席している。彼が昔話に付した解説や『アイヌ歳時記　二風谷のくらしと心』などのエッセイ、そして藤村久和による『アイヌ、神々と生きる人々』

（福武書店、一九八五年）はアイヌ口承文学を世界観で読み解くための指南書となった。

言語学者たちも正確な文意をつかむために世界観を重視した。田村すず子「アイヌ語音声資料集一～一二」（早稲田大学、一九八四～二〇〇〇年）、村崎恭子『浅井タケ口述　浅井タケの昔話』（草風館、二〇〇一年）、北海道教育委員会・アイヌ無形文化伝承保存会の各種報告書の訳は世界観研究の成果でもあった。中川裕『アイヌの物語世界』（平凡社、一九九七年）は言語学者による世界観解説書ともいえる。

海外との比較研究や歴史研究も少しずつ試みられた。『日本昔話通観　第一巻　北海道（アイヌ民族）』（同朋舎出版、一九八九年）には一九八〇年代までに刊行されたほぼ全てのアイヌ口承文学のあらすじが収録された。大林太良《たりょう》、荻原眞子、稲田浩二らはユーラシア諸民族との比較研究で重要な指摘をしている。知里真志保が口火を切った「叙事詩は実際の戦争を語ったものか」論争に関しては、本田優子編『伝承から探るアイヌの歴史』（札幌大学、二〇一〇年）が最新の研究成果である。

文学研究としては一般向けに読みやすくした再話の試みにも注目したい。すでに金田一京助・荒木田家寿による『アイヌ童話集』（一九六二年）、安藤美紀夫『ポイヤウンペ物語』（一九六六年）、萱野茂『炎の馬』（すずさわ書店、一九七七年）がある。彼らは再話にあたって登場人物の感情表現や内面描写を補完したが、それ自体が文学的解釈を必要とした。また浅井亨『アイヌのユーカラ』（筑摩書房、一九八七年）は単なる再話にとどまらず、複数の叙事詩を時系列順に並べ一つのサイクル（物語群）としてまとめようと試みたが、これは叙事詩の再解釈でもあった。

アイヌ語が理解できればアイヌ口承文学の楽しみは倍増する。だが、万人がアイヌ語を学ぶわけではない。だからこそ世界観研究の成果を採り入れた正確な訳が志向されてきた。その成果は目の前にある。日本語の翻訳はもちろん完全ではないが、アイヌ口承文学の世界を探索することは十分に可能である。

【追記】アイヌ口承文学を世界の諸民族の口承文学の中に位置づけ直そうという動きが少しずつ始まっている。荻原眞子・福田晃編『英雄叙事詩：アイヌ・日本からユーラシアへ』（三弥井書店、二〇一八年）もそのような試みの一つであり、何よりユーラシア諸民族の叙事詩の多様性を再確認させてくれる良書である。アイヌの叙事詩はユーラシア大陸を横断してブリテン島から日本列島までつながる「叙事詩ベルト」の最東端なのである。

アイヌの叙事詩（ユカラ）や神謡（カムイユカラ、オイナ）などは朗誦される詩であり、日常会話のアイヌ語と異なる特殊なレトリックや押韻（頭脚韻）を駆使した韻文で朗誦される。本文でふれた中川裕『アイヌの物語世界』では若干の詩法にふれられている。アイヌ語韻文の押韻について解説した一般書はないが、丹菊逸治『アイヌ叙景詩鑑賞：押韻法を中心に』（北海道大学アイヌ・先住民研究センター報告書、二〇一八年）が北海道大学学術成果コレクション（HUSCAP）で全文公開されている。また、その成果の一部は『ことばと社会　二〇号』（三元社、二〇一九年）でも紹介しておいた。参考にしていただければ幸いである。

萱野茂『ウエペケレ集大成』（アルドオ、一九七四年）＝写真、表紙には題名なし＝。アイヌ語と日本語の対訳形式の民話（ウエペケレ）一一話を収録（音声資料付き）。各話とも詳細な脚注と、ドキュメンタリー映像作家姫田忠義との対談形式による解説が付されている。自らが育ったアイヌ伝統文化で昔話を解き明かしていくさまは圧巻だ。

樺太アイヌ、ウイルタ、ニヴフ
――継承する「先住民族の空間」

丹菊　逸治

一九五七年の南極越冬隊の有名な「タローとジロー」は犬ぞり用の「樺太犬」だった。ニヴフ（かつてはギリヤークとも呼ばれた）や樺太アイヌといった先住民族が犬ぞりに用いた犬の子孫である。その訓練もニヴフの訓練師によって行われた。南極に響いた犬たちへのかけ声「トートー！」はニヴフ語による「前へ進め」という指示だった。一九一二年の白瀬隊による南極探検でも樺太アイヌの犬ぞりが使われていたから、半世紀たっても先住民族の技術に頼っていたことになる。それら先住民族の声は、その後どうなってしまったのか。

ニヴフ、ウイルタ（かつてはオロッコとも呼ばれた）などサハリン（樺太）先住民族の文学を考えるとき、まずは「ロシア側」に住む五千人のニヴフ民族の一人、民族詩人ヴラディミル・サンギの名をあげなくてはなるまい。美しいロシア語で書かれた作品は日本語にも翻訳されている。彼の最新作『サハリン・ニヴフの叙事詩』（二〇一三年、未訳）は、叙事詩の名手だったエカチェリーナ・フトククの録音（サンギ自身が採録している）をもとに、彼自身が詩として語りなおしたニヴフ叙事詩である。ニヴフ語にロシア語訳が付されている。彼の最初の作品はプーシキン作品のニヴフ語訳だった。彼はニヴフ語でもロシア語でも美しい言葉を紡ぎだせる。

彼の作品群は、ロシア人や日本人作家たちが先住民族に仮託して自らの思想を描いた文学とは異なる、ニヴフ自身の言葉である。

日本でも、日本語とニヴフ語を駆使してニヴフ口承文学を語り残した人がいる。第二次世界大戦前には日露国境で分断され、旧日本領樺太（南樺太）に切り離されてしまったニヴフ人、ウイルタ人が数百人いた。戦後「引き揚げ」という形で北海道以南に移住してきたニヴフ人は一〇〇人以上と考えられるが、その中にシャマン（伝統医師）の中村千代がいた。彼女は一九五〇年代に言語学者に協力し、自らの伝承をニヴフ語と日本語の録音で残したが、うち日本語分が『ギリヤークの昔話』（北海道出版企画センター、一九九二年）として刊行されている。驚くのは内容の網羅性である。氏族伝承や自身の家系の伝承、創世神話や動物物語まで多岐にわたる。彼女は民俗学者にも協力し、ニヴフの民具や伝統家屋「ドラフ」（網走市モヨロ貝塚館にある）を残した。

ニヴフ民族と同じく「引き揚げ」たウイルタ民族は二百人以上いたはずである。北川源太郎（ダーヒンニェニ・ゲンダーヌ）は網走に資料館「ジャッカ・ドフニ」（「宝の家」の意）を建設した。建物はウイルタ伝統住居の形式を取り入れたもので、収蔵品には自由にさわることができ、館長室では常にお茶が用意されていた。館は彼の没後、親族の北川アイ子館長のもと継続されたが、二〇一〇年に閉館し今は跡形もない。

ニヴフ、ウイルタ両民族と同じくサハリンから「引き揚げ」た樺太アイヌは独自の文化と方言を持ち千人以上の人口を有していたが、一九世紀から度重なる離散と流浪を経験している。「引き揚げ」後に言語学者に協力した藤山ハルら多くの語り手たちは樺太の思い出話を繰り返し語った。北海道に居場所のない「よそ者」扱いを受け続けた彼らは北海道各地に散らばった後、一部が再集結し自分たちの村を建設した。今では小さな集落であるが、それは彼らが懸命に手に入れようとした「樺太アイヌの土地」だった。

樺太アイヌの集落建設、北川源太郎のジャッカ・ドフニ、中村千代の伝統家屋と網羅的な語り。それらが目指したのは、今日の先住民族研究でいうところの「先住民族の空間《インディジナス・スペース》」、つまり先住民族性が支配する領域・空間である。重要なのは経済規模でも面積でもなく支配の強度である。二〇二〇年の開業を目指し政府が胆振管内白老町に建設中の「民族共生象徴空間」とは異なり、小規模だからこそ自分たち自身の「先住民族の空間」たりえた。彼らの活動はその後も形を変えながら受け継がれている。世代を重ねた今、ニヴフもウイルタも表立って民族を名乗ることはほとんどないが、やはり自分たちの空間を懸命に確保しようとし続けている。

【追記】戦後、文化継承・復興運動を展開した釧路アイヌ山本多助は、1936年の樺太旅行で敷香町の北方諸民族集住地「オタス」を訪問している。そこには日本領内のニヴフ・ウイルタの約3分の1が集められていた。彼は戦後「引き揚げ」てきた中村千代や北川源太郎らを誘い、観光業を兼ねた諸民族文化センターを計画した。事業の失敗で幻に終わったこの計画は、樺太訪問時の経験に触発されたものであろう。観光業を兼ねるという限界はあったものの、これも「先住民族の空間」構想だった。中村千代や北川源太郎の活動は、その各人なりの実現だったのである。

本文で言及した中村千代による『ギリヤークの昔話』。樺太アイヌ・山辺安之助の自伝『あいぬ物語』では南極探検だけではなく、江別の対雁への強制移住を含む流浪の歴史が語られる。『樺太アイヌ叢話』の千徳太郎治は、日露戦争後の危急時にカムチャツカ漁場での民族生き残りを模索した。

「内なる植民地主義」超越し次の一歩を

岡和田　晃

本連載も、この三三回目で大団円を迎える。後半では、ルポルタージュ文学、アイルランド文学や地名の翻訳、近代「北海道文学」の出発点とも言える札幌農学校ゆかりの文学、さらにはアイヌ口承文学研究や、樺太アイヌ・ウイルタ・ニヴフといった北方先住民族の文学をも扱い、視野を広げようと試みた。また、富良野塾など演劇と文学の関わりにも触れることができた。

だが、北海道文学が抱える弱点にも気付かされた。それは、固有の土地に結びついた文学であるがゆえ、ゆかりのない者に対しては本質的に訴えるものがない、とみなされてしまうこと。このジレンマを克服するため、風土性を「惑星思考《プラネタリティ》」と呼ぶにふさわしい普遍的なスケールで読み替えるのが、本連載の挑戦であった。

まず近現代の日本がもたらした政治や文学の枠組みが存在し、北海道は昔も今もその「植民地」から脱しえていない。高度資本主義と結びついたサブカルチャーの席捲《せっけん》が、事態に拍車をかけている。アイヌ民族などマイノリティに対するヘイトスピーチ（差別煽動《せんどう》表現）が世に溢《あふ》れているのは、植民地主義が内面化されてしまったことによる、歪《ゆが》みのあらわれではないか。

連載を総括すれば、この「内なる植民地」を相対化するために必要な、「語り《ナラティヴ》」の創造こそが「惑星思考」の前提として求められている。これを考えるヒントとなるのが、ノーベル賞作家・大江健三郎（一九三五年～）の『青年の汚名』（一九六〇年）だ。北海道文学でもめったに舞台とならない、礼文島（作中では荒若島）やその近辺を、独自のスケールでの神話的空間として提示してみせた。けれども、語り口こそ実存主義的で巧みだが、大江は礼文島という「辺境」に暮らす人々を根本的に「他者」だと位置づけてしまっている。そのことが、掘り下げの深さに反比例して表現される世界の解像度を粗くしている。

北海道文学の多くは、侵略者たるマジョリティの立場を疑わない。こうした姿勢に疑義を呈した書き手たちにこそ、現代の視点から光が当てられるべきだろう。直木賞候補になりながらも四八歳で亡くなった三好文夫（一九二九～七八年）の『人間同士に候えば』（一九七九年）では、クナシリ・メナシの戦い（一七八九年）を鎮圧した「和人」による、北海道や千島のアイヌ民族に対する苛烈な虐殺の加害性が、現代を生きる個人を呪縛する模様が描かれた。本書でも取り上げた外岡秀俊（一九五三年〜）が、覆面作家時代に中原清一郎名義で著した『未《いま》だ王化に染《したが》はず』（一九八六年）では、ミステリの技法を用いた複雑な物語構造を取り入れ、「蝦夷《えみし》」の痛みに共鳴し、空虚な中心を抱く日本古代史そのものへの大胆な反逆が模索されている。

いわば、両者の問題意識を総合させたのが、戦後のアイヌ民族に対する教育向上運動のパイオニアでもあった向井豊昭（一九三三〜二〇〇八年）の『怪道をゆく』（二〇〇八年）。同作ではクナシリ・メナシの戦いのような武力行使のみならず、アイヌ語の剝奪といった言葉の領域でもなされた同化の暴力が深く問題視されている。カーナビの「語り」を借りて、ラテン・アメリカ文学を彷彿《ほうふつ》させる魔術的リアリズムの技法を用い、「五・七・五」のような音韻に仮託された抒情《じょじょう》こそが同調圧力の正体だと、日本語の根底的な解体が企てられるのだ。

アイヌ民族と「和人」の間だけではなく、「和人」同士のなかにも、ろくに顧みられないマイノリティがいる。国語教育に長年携わった工藤信彦（一九三〇年〜）は、『わが内なる樺太』（二〇〇八年）で、自分が生まれ育った植民地としての「樺太（文学）」が、戦後の日本史や文芸評論の文脈では黙殺されるか、「あったかも知れない、ありえたかも知れない」と幻のように不確かなものとして語られることへの違和感を表明し、そのことを詩にも歌った。中田敬二（一九二四年〜）もまた樺太で生まれたが、そこからイタリアへ渡り、宙吊《ちゅうづ》りにされた感情を詩に表現し続けた。「これがとっておきの植民地の空だ／なにが見える？／凄惨な落日を慕って／凧とんでないか？」（「サハリン島」＝詩集『埠頭《ふとう》』所収、一九六八年）。「内なる植民地」への違和感から出発し、批評性へ高めて「惑星思考」の裏づけとすること。そこで初めて、北海道文学は次の一歩を踏み出せるだろう。

北海道には釧路市生まれの奥田達也「発明」（一九五八年）のように、先駆的なＳＦ文学もある。その系譜に連なる最新作が、伊藤瑞彦《みずひこ》『赤いオーロラの街で』（ハヤカワ文庫、二〇一七年）だ。ほぼ全編斜里町（オホーツク管内）を舞台に、全世界停電という思考実験が描かれる。これに「内なる植民地」への批評性が加われば、「惑星思考」は刷新されるはずだ。

連載「現代北海道文学論」を終えて

二〇一五年四月から文化面に連載してきた「現代北海道文学論」が、二〇一七年末で終了した。連載では北海道出身作家や北海道が舞台の作品を論じたほか、アイヌ民族の口承文学研究やサハリン先住民族の文芸も取り上げた。文芸評論家・ゲーム作家の岡和田晃さん（上川管内上富良野町出身、関東在住）と文芸評論家の川村湊さん（網走出身、札幌在住）に、連載を踏まえて「『北海道文学』の可能性」を話し合ってもらった。

執筆・構成：古家昌伸、久才秀樹［いずれも北海道新聞社］

岡和田晃

――人間中心主義の暴力性を相対化する「惑星思考」

川村 湊
――フィクションとしての故郷を探すことに可能性

二人の対論は二〇一八年一月一三日に札幌の道立文学館で行われ、約六〇人の文学愛好者らが訪れた。

連載は二〇一四年刊行の評論集「北の想像力」(岡和田晃編、寿郎社)の執筆陣が主な筆者となり、従来の北海道文学論の更新を目指した。連載を企画・監修した岡和田さんは「全国的に文化が均質化している現在、地方の視点で文学を捉えるのは、かえって新鮮。その土地にしかない固有性がある」と狙いを説明した。

川村さんは一九七〇～八〇年代に盛んだった「北海道文学論争」の根底には「風土が人間の精神や文化を決定する、という『風土決定論』があった」と規定した上で、連載を「北海道の文学が風土論を乗り越え、日本や世界の文学にいかに貢献できるかを考える機会になった」と振り返った。

連載のキーワードの一つだった「惑星思考《プラネタリティ》」を、岡和田さんは「批評理論を駆使し、グローバル経済と人間中心主義の暴力性を相対化する方法」と説明。村上春樹さんの小説「UFOが釧路に降りる」を例に「現代文学で北海道は、逃避先や憧れの対象としての〃外部〃として描かれる。そうした辺境にこそ本質が宿ると裏返し、風土性を惑星レベルで再考すべきだ」と訴えた。

アイヌ民族など先住民族にまつわる著作について川村さんは「新刊書店では読めない。読みたい時に手に取れないと文学作品として論じるのは難しい。それらの創作をどう位置付けるかも今後の課題」と話した。

また、沖縄の作家を例に「歴史や厳しい社会環境、米軍基地の問題と戦っている。『闘争』によって初めて沖縄文学が成り立つ」と述べた。北海道もJRの地方路線廃止問題など「諦めずもっと怒っていい。いま北海道文学が難しいのは、闘争心がないから。そこに生きる人間の感情や精神の持ち方に文学の希望や未来が見えるが、実際には〃植民地〃から抜け切っていない」と厳しく指摘した。

連載の最終回を「内なる植民地主義を克服するために」と題した岡和田さんも「同化主義、

画一主義に無自覚な作品が少なくない。先住民族を迫害した歴史を自覚し、大政翼賛や地域ナショナリズムとは異なる文学を志向すべきだ」と応じた。

最後に川村さんは「無国籍の作家」と呼ばれた安部公房を挙げ「(根室管内別海町在住の)河﨑秋子さんの北海道は、フィクションとしての開拓地。桜木紫乃さんの『ラブレス』も、舞台は釧路でも現実の釧路とは異なる。フィクションとしての故郷を探すことに北海道文学の可能性があるのでは」と締めくくった。

「現代北海道文学論」補遺
――二〇一八～一九年の「北海道文学」

これまで本書に収めた「現代北海道文学論」は、二〇一五年五月から二〇一七年一二月まで「北海道新聞」夕刊に月刊で連載されたものだ。二〇一八年一月には、完結を記念した川村湊氏との対論「「北海道文学」の可能性」が、北海道立文学館で開催され、本書にはそのレポートも収められている。

本章は、その流れを享けた補遺である。「現代北海道文学論」の参加者のなかでも、連載以前・以後においても「北海道文学」についての思弁と論考発表を続けてきた松本寛大氏・岡和田晃が、二〇一八年から二〇一九年にかけて発表し、単行本に収めていない「北海道文学」がらみの原稿を集成している。連載は作家論の体裁をとるものが多かったが、補遺は作品論を基調とする。加えて、「現代北海道文学論」で論じた作家・河﨑秋子氏にも登場いただき、その書評も収めた。

補遺のなかでは、馳星周論のみ例外的に二〇一四年の発表となっているが、函館の歴史と3・11東日本大震災を扱い、本書の内容と連動するがゆえに収めている。天草季紅論は分量的に長い原稿になっているが、「現代北海道文学論」では山田航の仕事しかフォローできていなかった短歌と「アイヌ文学」との関わりを補うものとして収めた。

「現代北海道文学論」は、あくまでも『北の想像力』の参加者が重要だと判断したトピックやテーマをジャンル横断的に扱うものであり、「現代北海道文学」についての網羅的な事典にはなっていない。本書を入り口として、「北海道文学」の歴史と現在を「惑星思考」の観点から再考していただければ、本書の目的は達成されたことになる。

一例を挙げよう。先の対論では川村湊氏より「上西晴治論もあればよかった」というご指摘をいただいたが、岡和田晃&マーク・ウィンチェスター編『アイヌ民族否定論に抗する』（河出書房新社、二〇一五年）に、村井紀「Tokapuchi（十勝）　上西晴治の ioru（イオル＝アイヌ・ネイション）の闘争」が収録されている。ここで論じられた上西は、リアリズムを基調する「アイヌ文学」を書いてきた「北海道文学」を代表する作家の一人だが、「惑星思考《プラネタリティ》」の先駆として読み替えていくことは十二分に可能だろう。

上西の文学とも共振する「民衆史掘りおこし運動」と近年の文学動向を「惑星思考《プラネタリティ》」としてリンクさせる書き下ろし論考を収め、過去と未来を批評的に結ぶ実例を示した。

（岡和田　晃）

伊藤瑞彦『赤いオーロラの街で』（ハヤカワ文庫、二〇一七年）

――大規模停電の起きた世界、知床を舞台に生き方を問い直す

松本　寛大

オホーツク管内斜里町を訪れていたプログラマーの香山は、知床の夜空を赤く染めるオーロラを目にする。太陽フレアと呼ばれる現象が起こした磁気嵐の影響によるものだ。同時に世界中で停電が発生。通信や交通が遮断される。流通は途絶え、食料や薬品が欠乏していく。

本作は、かつてカナダで実際に起こった太陽フレアによる停電がもし世界規模だったらという、説得力に満ちたシミュレーション小説だ。そこで描かれるのは絵空事でもひとごとでもない。災害の日を境に生活が一変する経験を、私たちはすでにしているのだから。

主人公は東京在住で、たまたま知床を訪れていたという設定だ。もし物語が大混乱の渦中にある東京で展開していれば、より厳しいサバイバルの日々や主人公の苦悩、緊迫した世界情勢が描かれていただろう。しかし、知床の地は物資不足の狂乱に巻き込まれることなく事態を観測するのにうってつけだったようだ。北の街が主人公に第三者的な記録者の

目を与え、地に足のついた日々の暮らしの再考を促す。

作中、東日本大震災について書かれた箇所がある。全編を通じてとぼけた言動の多い主人公の描写の中に、まるでごつごつした石ころが混じっているようだ。それは本作が楽観的一辺倒の作品ではないことをも示している。

主人公は絶望にとらわれない道を選び、技術や知識への信頼感を胸に、ささやかな生活の工夫を積み重ねる。本作のテーマは現代社会において「選択すること」そのものだといっていい。生き方を選ぶのは自分自身なのだ。

大人向けに書かれた作品だが、未来を選ぶ立場である若年の読者にこそ勧めたい。興味深い展開と愛すべき登場人物たち、爽やかな読後感といった物語の底に、普遍的なものが光る。

【追記】『赤いオーロラの街で』刊行の翌二〇一八年、九月六日に北海道胆振東部地震が発生した。北海道全域で大規模な停電（ブラックアウト）が起きたことは記憶に新しい。

馳星周『帰らずの海』（徳間書店、二〇一四年）
――時代に翻弄されながら生きる函館の人々

松本　寛大

二〇年ぶりに故郷にもどった刑事のもとに殺人事件の報が届く。被害者はかつての恋人。犯人を追ううち、主人公は次第に警察組織を逸脱していく……。

作者の馳星周は日高管内浦河町出身。これまでにも「雪月夜」「淡雪記」、直木賞候補となった短篇集「約束の地で」など、北海道を舞台とした作品を手がけている。

本作の舞台は函館。現在の殺人事件の捜査と、主人公の苦い青春時代とが交互に語られるという凝った構成の警察小説だ。

登場人物に実在感を与えるべく周辺の細かなディティールを書き込む作者の筆は、函館の過去と現在との姿の落差を浮かび上がらせる。

バブル以前の函館の姿はいまやどこにもない。主人公が子供のころ、人があふれかえっていた駅前の繁華街は、見る影もなく寂れている。かつての若者たちは、みな、年を取り、一様に疲れ、それでも生きている。過去にしがみつくことでかろうじて自らを支える者。

過去から逃れようとして逃れられない者。あるいは、過去の罪を背負う者。彼らの姿を通して描かれるのは、二〇年という時間の重み、もはや取り戻すことのかなわない失った時間の痛みだ。

作中、何度か、東日本大震災への言及がある。過去と現在。わたしたちはいったいどこで間違ってしまったのだろうかという強烈な怒りを、作家は作品の底に込めている。

しかし、テーマが声高に叫ばれることはない。この作品で描かれるのは、時代に翻弄《ほんろう》されながら、懸命に、そして愚かに生きる人々の姿だ。物語の最後で明らかになる愛の形は、ほとんどエゴイズムといって良いようなものである。だが、そのエゴを切り捨てることはむなしい。そうしたものを飲み込んでこその小説なのだとの作者の視線が、ここにはある。

【追記】『帰らずの海』は二〇一六年に徳間文庫へ収録された。

高城高『〈ミリオンカ〉の女』（寿郎社、二〇一八年）

――一九世紀末のウラジオストク、裏町に生きる日本人元娼婦

松本　寛大

アジアとロシアの接する場所に位置する港湾都市ウラジオストク。商業的・軍事的に重要な町として栄え、一九世紀末には多くの日本人が暮らしていた。本作は、函館に生まれウラジオストクに生きる元娼妓《しょうぎ》お吟の数奇な運命を描く高城高《こうじょうこう》の最新作だ。

高城は米軍相手の安酒場が密集する戦後の仙台の裏町を描いたハードボイルド小説で一九五五年にデビュー。当時の批評は高城作品の本質を「社会の底辺に生きる人々に自動的にむけられるカメラのごとき記録的な目」だと記している（一九六四年「宝石」。評者は小池亮）。処女作から実に六三年後の本作までそれは一貫して変わらず、ただし、近作ではより深みを増している。ミリオンカとは中国人のボスに支配された、狭い路地に腐敗した臭いが満ちた阿片窟《あへんくつ》や娼館《しょうかん》の多い一角だ。仙台の裏町から始まった高城の小説世界は、いまロシアの裏町へたどり着いた。

本作は連作短編で、その題名には花の名が織り込まれている。ノイバラ、ジャスミン、

サザンカ……。劇中、お吟は言う。「あなたは家の周りを花で飾りたいと言っているそうだけど、この町では例えばペルヴァヤ・レチカの河原に行けば、花壇に植える何倍もの種類の草花が見られるのよ」と。本作の副題は「うらじおすとく花暦」だ。四季折々、野に花は咲く。名も無き人々の運命のように。高城はそれを静かに見つめる。

朝鮮人参《にんじん》強盗と貧しい中国人、日本から売られてきた少女、結核に倒れた娼妓。それに、お吟の大切な家族たち。当時「浦潮斯徳」と呼ばれた町に生きる人々が綿密な取材によって活写される。これは記者として長く過ごすことでより磨かれた高城の「記録的な目」と、鋼のように硬質で詩情に満ち、悠々とした筆運びの果実だ。なんと豊かな作品だろう。

八木圭一『北海道オーロラ町の事件簿』（宝島社文庫、二〇一八年）
――高齢化、過疎化の進む十勝で町おこしに取り組む若者たち

松本　寛大

舞台は高齢化・過疎化の進む十勝の小さな架空の町「陸幌町」。父が病に倒れたため実家に戻ってきた大祐は、地域活性化に取り組むやり手のシェフにして経営者・安藤に一緒に働こうと誘われるものの、気乗りがしない。自分には無理だと思えるからだ。本作はそんな大祐が町で起こる様々《さまざま》な事件に関わる姿を描くミステリーであり、同時に、若者がいかに地方の町に向き合うかについて書かれた一種の青春小説でもある。

著者の八木圭一自身、十勝管内音更町の出身。日本の財政危機を主題にした骨太のサスペンスでデビューした著者らしく、今回の作品でも地方が抱える問題が背景に据えられている。

高齢化のひとつの基準は六五歳以上の住民数が集落の人口比五割を超えるか否かだ。そして道の二〇一七年度北海道集落実態調査などによれば、道内の全集落のうち約四分の一が高齢化問題を抱えているという。この緊急課題をどう解決するか。作品には町おこしの

具体的なヒントがちりばめられている。

むろん現実にそのまま当てはめられるわけではない。町の特性によって手法は変わるだろう。住民側の積極的な参画こそが大切だし、町づくりの過程では誤解や争い事もあるに違いない。

本作にも苦い場面は描かれている。そうした苦さを受けてなお希望を失わない安藤のメッセージは、読者の心にきっとあたたかなものを残すはずだ。

過去作でもそうだったが、著者の作品は社会に向かって開かれている点に特徴がある。大祐の物語は、なにやら続きがありそうだ。だが、ほんとうの「続き」は、本を読了したあと、わたしたちの暮らす町が本来持っている魅力をいかに活かすか、自分たちでできることはなにかについて、ひとりひとりが考えることにあるのだろう。

『デュラスのいた風景　笠井美希遺稿集』（七月堂、二〇一八年）

――植民地的な環境から女性性を引き離す

岡和田　晃

およそ遺稿集なるものを繙《ひもと》くとき、著者が自らの人生を〈死〉によって完結させるプロセスを、読者は擬似《ぎじ》的に追体験せざるをえない。私を含め、生きづらさを抱えた読者にとって、それは一種、救済の道筋の提示でもある。しかしながら本書は、甘い期待を根幹の部分で打ち砕く。二八歳で夭折《ようせつ》した笠井美希。彼女の仕事は、ほぼすべてが抑制の効いた理知的・学術的な形式で遺《のこ》されている。祖父・笠井清や、本書を編纂《へんさん》・校訂した父・笠井嗣夫が詩人として知られることを念頭に置き、通読すると、このスタイルが自覚的に選択されたものとわかる。

そもそも、美希が研究していた作家マルグリット・デュラス自身、きわめて方法論的な書き手だった。仏領インドシナという植民地に生まれ育った、作家の原風景。それが刻印された『太平洋の防波堤』を、美希は集中的に、粘り強く分析していく。林美詠子《みおこ》らの丹念な解説を参考に読み進めると、それが、男性権力によって商品化と収奪を余儀なくされる植民地的な環境から女性性を引き離し、変革をもたらすヒントの探究を意味していたとわかる。

だが、官学の伝統に連なる保守的な日本の仏文研究は、冒険を許さなかった。そこで美希は在野での写真批評に活路を見出し、「ホロコーストとヒロシマ（原爆）という人類の愚挙」を正面から考察する。こうして紡がれた「美術ペン」を初出とする批評は驚くほど高水準だが、その過程で析出されたのが「終わるということが、何を残したのか?」という問いである。応えるために看過できないのは、北大大学院時代の年譜に、「一部教官たちの性差別的な言動にも悩まされる。大学の相談室を訪ねて事情を訴えるが、事態はかわらなかった」とあることだ。父権主義的な暴力に私たちは憤り、闘わねばならない。

【追記】杉中昌樹「詩の練習」vol.36（二〇一九年七月）では笠井美希詩集が組まれ、奥間埜乃、ヤリタミサコ、澤田展人らが笠井美希論を寄せた。

須田茂『近現代アイヌ文学史論』（寿郎社、二〇一八年）
――黙殺された抵抗の文学を今に伝える

岡和田　晃

本書は明治期から戦前まで、自分がアイヌ民族というアイデンティティーを有した作家の仕事を、主題的かつ網羅的に論じた初の書物である。学術的な研究が地道に進められている口承文芸ではなく、支配言語である日本語で書かれた文学を対象としている。知里幸恵、バチェラー八重子のように著名な文学者も扱われているが、武隈徳三郎のような忘られたパイオニアに対する記述にも力が入っている。

皆、アイヌ民族とは何かを支配者である和人へ説くところから始めねばならなかった。キーワードは「同化」であるが、アイヌ民族の作家はヘイトスピーチ（差別扇動表現）の常《じょう》套句《とうく》である、多数派への吸収による「滅亡」を目指さなかった。和人と対等な立場にアイヌ民族を引き上げるべきと、同胞を鼓舞したのだ。三島由紀夫の祖父・平岡定太郎（元樺太庁長官）の差別的「あいぬ人種処分論（放任すれば絶滅す）」へ、正面から反論した貫塩喜蔵《ぬきしおきぞう》（筆名・法枕《ほうちん》）を論じる章は、緊張感に満ちている。

だが、このように政治や社会の矛盾をそのまま言語化するものだから煙たがられ、一九八〇年代から盛んになったアイヌ文化振興においても、文学はその対象となってこなかった。

ゆえに日本文学史の枠でのみ語られては、「メッセージ先行で下手」と黙殺の憂き目にあってきた。そのような見方がいかに傲慢《ごうまん》で浅薄なものかを、本書は多数の実例で伝える。

著者は東京都生まれ・神奈川県在住の会社員だが、十余年にわたり本書の原型となる作家論を書き続けてきた。その成果をまとめた本書を読み通し、見通しのよい構成へ生まれ変わっていたことに驚きを禁じえない。

「アイヌ文学」の定義や「内的国境」概念をめぐる理論に弱さは残るが、調査は実直で、読み手に探究のヒントを与える。評者はそれを手がかりに調べを進め、近代アイヌ文学の先駆作として知られる武隈徳三郎『アイヌ物語』（一九一八年）が一九二五年、浅田幸政によりエスペラント語へ訳されていたと知った。

麻生直子『端境の海』（思潮社、二〇一八年）

――植民地の「空隙」を埋める

岡和田　晃

コトバの連なりを〈詩〉たらしめる要因は「洗練」である――シジンではないとされる者にとり、現代詩をめぐる常識はそのようにしか映らない。ところが、閉ざされた日本的サロンの流行や政治とは別種の論理が、中央から排除された場所には息づく。麻生直子の『端境の海』が出発しているのは、そうした「途絶えの空隙」（新谷行）にほかならず、模索しているのは、「空隙」を埋めるコトバなのである。

「唄の島の哀歌の棘のような／多島海の白いほね」（「やわらかなセンサー」）と書きつけられるのを読むとき――表象の彼方に追いやられて久しい――モノそのものの手触りが微かに伝わる。しかしながら、その二連前には、「はじめての沖縄の大浦湾の波はあたたかく／やがて消滅するかもしれない湾曲の岸辺に跣を浸す」とあるのが目に留まる。大浦湾の辺野古へ、中央が土砂を投入するという暴力により、「湾曲」は恢復不能なまでに汚され、破壊と「消滅」がもたらされようとしていることを、私たちは知らないはずがない。

沖縄と同様、詩人がこだわる北海道は、国内の他の地域とは明確に異なる「植民地」だ。本書で詠われる択捉島、インド、あるいは『足形のレリーフ』(二〇〇六年)に出てくる韓国もまた、帝国主義により植民地化された歴史を持つ。それらを多島海として再地図化《リマッピング》するのが本書の射程なのだが、そこには、詩人が一貫して描き続けてきた故郷・奥尻島が深く関わっている。

最初の詩集『霧と少年』(一九七四年)では、「血のにじむ空から／首のない水鳥が落ちる」(「島」)と、モノの原型が凄絶に追究される。「わたしは島の夕焼けを、島そのものを、一番美しいものを、もっとも残虐な方法で埋葬したかったのである」と、意図が後書きで語られている。その前提で、例えば「小学二年生」掲載の童話「チトムッタと三羽の鳥」(絵・立原あゆみ、一九七九年)では、島のイマージュが優しさへと昇華されていた。

けれども、奥尻島は「日本海上に浮かぶ静かな観光と水産の島から一転「奪われた島」になった」(『一九九三年七月一二日北海道南西沖地震全記録』、一九九三年)。想像力のなかで深入りし、「埋葬」した島が、実際に破壊されてしまったわけだ。その事実すらも、もはや世間では忘却されつつある。こうした内的経験を経ているからこそ、『端境の海』では、「共生をうたいながら／きょうも　未成のぎまんの物腰で」(「死者は仮面をかぶって逝く」)

なされる「死者たちの生の歴史」への冒瀆が拒否される。このようなコトバは、踏み越えられた「自然」としての「アイヌ」に対する加害への内省なしには出てこない。

『骨踊り　向井豊昭小説選』（幻戯書房、二〇一九年）
――人種、時代、地域の隔絶を超える

河﨑　秋子

分厚い佇まいの、その見た目以上にずっしりと読者の両手に重くのしかかってくる一冊である。

向井豊昭『骨踊り』（幻戯書房）。単行本未収録作品に加え、各種資料、評論家らによる鼎談、解説が収められている。収録されている短編ではしばしば、「オジイチャン」と呼ばれる人物が登場する。向井豊昭の祖父、向井永太郎（筆名・夷希微）である。青森県下北郡大畑村の生まれで、根室國別海村の生まれとする資料もあるが、幼少期に一時、祖父母を頼って別海に住んでいたのは間違いないようだ。啄木と親交があり、奇矯な人物であったようだが、より奇矯な啄木に「最も浅薄なる自暴自棄者に候」などと評されたりもしている。

本書に収録されている「鳩笛」の中に印象深いエピソードがある。孫である「わたし」が幼稚園の頃、品川の海で泳いだ話だ。幼い「わたし」は祖父に泳げと命じられ、結局臆して泣いてしまう。では一人で泳ぐという祖父にも「わたし」は海に入ったら死んでしまうと

怯えるが、祖父は自分はもう死んでいるのだ、自殺しそこなった男なのだと赤い褌をひるがえして軽やかに泳いでみせる。

その「自殺」とは、明治三十四年、二十歳の永太郎が佐渡で入水自殺を試みた時のことであるらしい。養父からの仕送りが途絶え、一高を退学した後、永太郎の祖父伝蔵が病死した年だ。この自殺について、向井は〝別海の荒海で鍛えられた彼のからだは、本能的な生への意志に逆らうことはできなかったのだ〟としている。

別海の海は、国後島が間近に見え、凪いでいる時は泳いですぐに渡れそうな気がするほどに一見穏やかだ。しかし実際はオホーツク海と太平洋をつなぐ根室水道の一部であることから、その流れは複雑である。そして夏でも水が非常に冷たい。実際、かつてロシアが占領を始めた時分に北方四島から逃れた人々のうち、自力で泳ぎ着こうとした、或いは転覆した船から多くの犠牲者が出ている。向井永太郎がこの海で鍛えられたことが彼を自死から救ったのかもしれない、という孫の視点からの憶測は的を射ている。

その向井豊昭の小説は人種、時代、地域の隔絶をするすると超え、地から這いあがるような視点で縦横無尽に物語を形成していく。一つ目の軸が民族、二つ目の軸が向井の「オジイチャン」なのだとすれば、三つ目の軸はまた「家族」であるといえる。生家で半強制的に与えられる家族ではなく、自分が選びとった家族のことだ。

収録作「武蔵野国豊島郡練馬城パノラマ大写真」ではシャッターを通して一見脈絡のない各時代の風景が抽出されている。中でも、国立歴史民俗資料館で展示されている縄文人の住居跡複製について描写されている箇所が印象的だ。幼子を囲むように倒れた大人三人分の白骨と、少し離れたところにあるもう一体。古代人においても存在したらしき家族というものに想いを馳せながら、同時に立ち上がってくるのは現代と変わらぬ鬱屈とその顚末についての妄想だ。死と性と不可分な赤子を作る行為。子宮を消費され続ける嫁。そして実り豊かな夕餉に添えるべく練られたドングリの餅に意図的に混ぜられた、河豚の内臓。また、表題作「骨踊り」で生々しい共感と共に活写される、たかが不登校、たかが電話代をめぐる小さな諍いと平穏。これら家族に向井が仮託した鬱屈は、物語の筋書きそれ自体の行間を縫って、世界を赤黒く染め上げていく。

世代の澱を文学に奉じ、あるいは家族の血と涙と小便で墨を擦り続けた結果、向井の小説は、読む者の自意識に挑戦を仕掛けていくかのようだ。やれ絆だポリティカルコレクトネスだと発酵臭を放ちはじめた良識を後生大事に抱える令和元年の人間に、この孤高はどんな反照をもたらすのか。われこそは読書家、と自認する者ほど挑まねばならない一冊である。

天草季紅『ユーカラ邂逅』（新評論、二〇一八年）
――〈死〉を内包した北方性から

岡和田　晃

さくら花ちる夢なれば単独の鹿あらはれて花びらを食む――なぜかこの一首が、小中英之の自刻像のように、見える。群から離れ、一人暁闇に佇む、鹿の影。

この歌人は、濁世と宿痾の「間《かん》」を漂いつつ、みずからの「神《しん》」を慰撫し、『翼鏡』一巻を詠み上げた――これは、小中英之（一九三七～二〇〇一年）の第二歌集『翼鏡』（砂子屋書房、一九八一年）に添えられた、詩人の吉岡実による帯文である。決定版ともいえる『小中英之全歌集』（砂子屋書房、二〇一一年）にも収められてはいないのだが、ここで語られる「群から離れ、一人暗闇に佇む、鹿の影」がさした場所は、いったい奈辺であるのか。本書『ユーカラ邂逅』を経由したいま、それは北方の地であり、鹿は自在に跳躍するエゾシカではないか……評者は、そんな想像を遊ばせている。小中英之は一九六一年から歌作を開始し、四十年にも及ぶキャリアが存在する。しかしながら、生前の小中は、『わがからんどりえ』（角川書店、一九七九年）に先の『翼鏡』と、二冊しか歌集を出版しなかった。しかも、出発点たる『わがからんどりえ』に収められたのは、一九七一年から七五年の仕事にすぎず、その以前に発表された初期十年の仕事（初期歌篇）は、あまり注目されないままに留め置かれてきた。

小中英之について「家族の一員同様の、云うなればたった一人の内弟子」と語った詩人の安東次男による解説が、「わがからんどりえ」には収められており、そこでは安東が小中に何のために歌を作るのかを問うたところ、「鎮魂のため、季節のため、それから面白い言葉や地名の一つにもせめて出会いたいため」と即座に答えた、という逸話が記されている。このようなコンセプトで小中は歌を詠み続けてきたのだと、小中について論じた文章においては少なからず典拠とされる有名な一節なのだが、それでは、この「季節」とは何なのだろうか。『わがからんどりえ』に続く『翼鏡』に「さくら」とあるのだから、つまりそれは、〈日本人〉にとって自明のものだと想定されているのか。

そもそも「からんどりえ」とはフランス語で暦を意味し、安東次男の詩集名にも引っ掛けているわけなのだが……いざ、安東の『CALENDRIER（改稿）』（筑摩書房版「現代文学大系」67『現代詩集』、一九六七年）をひもといてみると、「プロローグにかえて」という角書きが添えられた「氷柱」（詩名）、「ふらんした死んだ時間たちが／はじまる」予兆として示される「みぞれ」(詩名)、「転移のない世界」や「充血のない宇宙」を詠った「白魚」(詩名)と、とりわけ冬や白、あるいは北方を思わせるイメージが散りばめられている。印象深いのは、「建てられたこんな塔ほど／死者たちは偉大ではない／ぼくは死にたくなんぞないから／それがわかる」とする「碑銘」(詩名)に見られるような、身近に遍在する「死」のあり方が提示されていることだ。そういえば、「小中英之の歌を読む者が、そこでいやでもぶつからなければならないものは、おびただしい死者達の群れである。死者達の跳梁する世界、それが小中英之の歌の世界である。死者として生きる日々、それが彼の日常であると言ってもよい」と、かつて村上大和は書いていた(「砂の上の四季」、一九七六年)。

いかにも日本的な花鳥風月にとどまらず、このような〈死〉を内包した北方性こそが、小中にとっての季節ではないか――本書『ユーカラ邂逅』(新評論、二〇一八年)および姉妹篇たる前著『遠き声　小中英之』(砂小屋書房、二〇〇五年)の二冊において、著者の天草季紅が探究しているのは、およそ、こうした問題だろうと評者はみなしている。『遠き声』には「鷗の歌　初期歌謡の周辺」および「ベイイルバード残照　江差を訪ねて」その他の論考が収められているが、とりわけ名を挙げた二編は力作で、『ユーカラ邂逅』とも直接リンクする内容になっており、そこで北方性の問題について、仔細な検討が施されているからだ。

「鷗の歌」で天草季紅は、綿密なテクストクリティークによって、初期歌篇で頻繁に詠われる「鷗」のモチーフが歌集から消去されていたことを突き止め、その「鷗」が小中英之の郷里(生まれの地ではないが、世界像が形作られた場所としての故郷)である北海道へ繋がるのではないか、と考える。鋭いのは、「鷗」が仮託された北海道が、追憶として反省的に回想されるものと位置づけられている点だ。一九六四年に小中は、前年に結核を発症したため、中学・高校時代を過ごした江差町へと帰省した。

「海沿いの街で病み上がりの保養といえば聞こえがいいが、とにかくそのような生活をしているので、眼はいつも自然に向いている。(……)カナリヤに話かける少女をぼくは笑わない。鷗に話かける青年がいれば友達になりたいと思う」と、彼は短歌時評に書いている(「感じたことなど」、一九六四年)。この「鷗に話かける青年」はどういう存在なのかが、いわば『ユーカラ邂逅』では掘り下げられているというわけだ。

小中には人懐っこい側面があったが、親しい者にさえも自らのプロファイルをほとんど明かさなかった。数少ない公開情報のなかで、NHKの人形劇『チロリン村とクルミの木』(一九五六〜六四年)の人形遣いをしていたことが知られている。「この頃」(一九六二年)というエッセイで、小中は里見京子が声を当てた「クルミのクル子ちゃん」という人形を操っていた時期のことを書いている。どうしたら「クル子ちゃん」に「血をかよわせることが出来るか」という試行錯誤が綴られているが、小中は自分が「クル子ちゃん」になりきれずにいるのは、「僕が子供の世界に入ろうとするとき、あまりにも、その世界が美しすぎ、抵抗を感じる」からだと告白する。「子供の世界には、いつも美しいものが、みちあふれていて欲しい」と願うとき、彼がイメージしていたものは何か。『翼鏡』での「さくら花ちる」と同じ連作には、「少年の日の春霞かなしけれま白き家兎《かと》を野に葬りて」という歌が収められており、小中英之自らの少年期とのゆるやかな結びつきが記されていた。

このような「少年の日」の位相を探るため、天草季紅はクローズリーディングと並行し、自ら身体を通して、「北こふるこころ激しくきはまりてゆふべ扉のいよいよ白し」（『わがからんどりえ』）と、小中英之を動かした郷愁の在り処を散策する。「ベイイルバード残照」では、探究のプロセスが具体的に記されている。「曇り日のなぎさ岩むら白猫《はくめう》はアンチ・ロマンのごとく歩めり」とあるが、ここでの「岩むら」が鷗島のことだという。そして天草は「アンチ・ロマン」の裏に、歴史と自然、そして小中の実存が交錯する地点を飛び越えた、「白いむきだしの塊」を見出す。この箇所を詠み、評者はアラン・ロブ＝グリエのアンチ・ロマンである『覗くひと』（冬樹社、邦訳一九六六年）を想起した。この作品もまた、鷗と「白」、そして無限のイメージが強調されながら、世界がただそこに「ある」ことを突きつけるような筆致になっているからである。藤原龍一郎らが着目する反時代的遠景性の表現だ。

かくして天草季紅は小中英之の足跡を追いつつ、歌壇における暗黙の前提であろう、詩歌における〈日本〉的な抒情のあり方から、一歩、足を踏み出そうとする。『叙唱　レチタティーヴォ』（六花書林、二〇一七年）の阿部久美のように、北海道（阿部の場合は留萌）のトポスをボードレール的な審美性へ重ね合わせる方法もあったろうが、天草にとってのそれは、「アイヌ文学」とその歴史をめぐる状況へ、向き合う過程をも意味していた。ゆえに、『ユーカラ邂逅』は、半ばは小中英之論、もう半ばはバチェラー八重子、違星北斗、鳩沢佐美夫、佐々木昌雄といった「アイヌ文学」の担い手に関する論考が含まれるという、いささか変則的な構成をとっている。なかでも核となるのは、少年期の小中が一九四五年八月の敗戦後、北海道の平取へと転居して父方の親戚の旅館へ寓居し、平取小学校二年に転入、小学校五年まで平取の地で過ごした経験だ。というのも、平取は北海道で最大級のアイヌ・コタンがあったところで、小中自身、「平取では初めてアイヌの少年たちと自然に遊び、植物、動物などを知るきっかけとなり、素朴な（観光用ではない）熊祭りを見て驚く」と自筆年譜（一九九三年）に記していた。その経験について天草は、小中の名を記した小学校の学籍簿までを確認して裏をとったうえで（！）、「けっして行きずりのものではなく、そこから出発し、またそこへ戻ってくる、そういう性質を負った宿命的な場所」だとみなし、そこから『ユーカラ邂逅』の論を組み立てようとしている。

少年の日におぼえたるユーカラのひとふし剛《つよ》き救ひなりけり——本書の巻末に収められた労作「小中英之短歌紀行」では、この歌に関して、「小中の寓居先だった裏手の一画」の写真が紹介され、「このすぐ左手に平取病院がある」と記されている。天草は小中が遊んだ〈アイヌ〉の少年に、鳩沢がいたのではないかと想定したのだ。鳩沢が通っていたのは同じ平取でも紫雲古津小学校で、小中のいた平取小学校とは違い、それだけを見ると、ただちに交流があったと断定できないだろう……というのは早計で、この写真を見て考えが変わった。鳩沢は一九四四年に脊椎カリエスと診断され、同年の十月頃から各地の病院を転々とし始める。一時、室蘭の病院へと通ったとも言われるが、当然ながら平取病院へも何度となく行ったはずだ。鳩沢にとって同病院は、短篇小説「F病院にて」（一九六三年）の背景に記すほどに重要なトポスであったが、平取病院の周辺で、小中と鳩沢が邂逅を果たした可能性は、きわめて高いのではないかと評者は考えている。

一九六四年に小中が長期の帰省をしたときも、ひょっとしたら平取を訪れたのではないかと天草は想像を膨らませているが、これも鋭い。鳩沢はこの年に長篇小説「遠い足音」を発表しており、「文學界」での同人雑誌評でも取り上げられていたからだ。鳩沢の作品が発表された「山音」誌を小中は読んでいたかもしれない。何より、「遠い足音」は、鳩沢の小学校時代の記憶を綴ったものということを鑑みると、実際に交流があったかは措いても、批評的な共振性があったことは自明だろう。

ただ、小中が〈アイヌ〉を詠うとき、しばしば〈和人＝日本人〉から見た〈アイヌ〉像になってしまっている、という批判は成り立つかもしれない。〈アイヌ〉の口承文芸が、アイヌモシㇼないしヤウンモシㇼが〈和人〉によって「北海道」と命名される以前からの連続性のもとに成立していたとすれば、小中の短歌は――それこそ『ユーカラ邂逅』で示されているとおり――「北海道」の近代における開拓と工業化の矛盾を描いた劇作家・久保栄の強く影響を受けたところ、つまり断絶から出発しているからだ。初期歌篇からも『わがからんどりえ』からも取り残されてしまったような「わが北のための断片」連作三十首を、天草は粘り強く読み解いていくが、その過程で三番目の歌「光陰のあとかたもなし冬野きて冥き底なし沼に近づく」での「底なし沼」を、天草は平取に実在する固有の場所を示すものだと見当をつける。けれども、それは、「死者の国」への入り口を示した……言うならば、ギリシア神話におけるオルフェウスの冥界行のようなイメージだけでは、必ずしも全貌を捉えられるわけではないようだ。むしろ平取の「死者の国」は、家に仏壇が掲げられているように身近なものだと言われている（平取出身者への聞き取り調査に基づく）。また、本書の冒頭では、「わがからんどりえ』の「カランドリエ」から、「カントレラ」というアイヌ語的な響きの言葉が連想されているのだが、「カントレラ」にはどこかしら、〈和人〉的なセンスが入り混じっているように思われてならない。いや、実際に「カントレラ」という民芸風カフェが存在し、鳩沢佐美夫が立ち上げた日高文芸協会の会員であった照井（柚原）君子が、「天上《カント》の風吹《レラ》いているらし秋月にたなびく雲はしずかに動く」から始まる連作で賞を受けていることを鑑みれば、知らず、混交した感性が根ざしているとみなしたほうが正確だろうか。

そう考えると、『ユーカラ邂逅』の本領は、口承文芸と短歌的な抒情が衝突した、その結節点を、実作者にして評論家というディシプリンを活かし、具体的な韻律分析を介して解きほぐそうとしている点にこそあるのではないか。『わがからんどりえ』の生成プロセスの分析は興味深いし、その方法論をバチェラー八重子の歌集『若き同族《ウタリ》に』に適用せんとする試みは野心的だ。「短歌四拍子論」をベースに発展させ、「短歌の固定された五・七・五・七・

七の形式は、いわゆる二拍子（2ビート）の基本リズムをもち、定型からはみ出す部分をふくんだ、ゆるやかな構造体となる」ことで、「きわめて本質的なところで日本を相対化する志向をふくんだ貴重なもの」として、バチェラー八重子の短歌を解釈しようとしているからだ。管見の及ぶ限り、これまでのアイヌ研究でこうした方向のものはない。およそ貴重な試みだと言えるだろうし、向井豊昭が『怪道をゆく』（太田出版、二〇〇八年）で示した〈日本〉的抒情としての短歌批判にも接続させることができるはずだ。この方向性を、さらに深めることで、「アイヌ関係の資料にはかならず出てくるが、日本の短歌史には登場しない」歌人たちを、適切に位置づけることも可能になるだろう。

本書における「アイヌ文学」研究としては、やはりこのようなバチェラー八重子研究が白眉であるように思えるが、残りの論についても簡単にコメントしておきたい。違星北斗論については、山科清春が『アイヌ民族否定論に抗する』（河出書房新社、二〇一五年）に寄稿したほか、ウェブサイト「違星北斗.com コタン」で公開している関係資料を渉猟すれば、より充実した内容になるものと推察される。鳩沢佐美夫の「赤い木の実」を論じた箇所については、山城むつみが「カイセイエ――向井豊昭と鳩沢佐美夫」（「すばる」二〇一八年三月号、集英社）で、「ユーカラのリズム」について、具体的に分析しているので、その議論をふまえ、より深化させることが可能なはずだ。佐々木昌雄論については、一九四三年生まれという情報は、『呪魂ための八篇より成る詩稿　付一篇』（深夜叢書社、一九六八年）のオリジナルの奥付に記されている。佐々木昌雄について、少なからず考えてきた身としては、諸説飛び交うその「沈黙」の前に佇むよりは、佐々木が飛鳥時代の天皇制について研究していた点へ立ち返りながら、いまだ止まないアイヌ民族への差別が飛び交う「状況」を「憎む」のみならず、打破する回路を開いてゆく必要があろうかと思う。現在、平取においては、鳩沢も問題視した終末論的UFOカルトの宇宙友好協会（CBA）が、さしたる批判性も抜きにエキゾチックな「サブカル」として公的な形で地域新興へ再利用されつつある。CBAのモニュメントが建てられた地である「ハヨピラ」について詠った小中の歌を扱う天草の手付きは、そうした「状況」への暴力を充分に迂回するだけの、批評的膂力が備わっている。

「惑星思考」という民衆史
――『凍てつく太陽』(幻冬舎)、『ゴールデンカムイ』(集英社)、『熱源』(文藝春秋)、『ミライミライ』(新潮社)

岡和田　晃

●歴史修正主義に対する闘争と「アイヌ新法」をめぐる状況

二〇一九年、作家の葉真中顕《はまなかあき》は『凍てつく太陽』で、第二十一回大藪春彦賞受賞および第七十二回日本推理作家協会賞(長編および連作短編集部門)を受賞した。とりわけ後者の受賞スピーチは異例とも言える内容で、広く報道された。受賞作や初出誌の発行元である幻冬舎を、寸鉄人を刺すがごとくに批判する内容だったからである。

背景はこうだ。幻冬舎は、『凍てつく太陽』を刊行したのと同じ二〇一八年に、創立二十五周年記念出版と銘打った百田尚樹『日本国紀』を出している。公称六五万部のベストセラーで、安倍首相をはじめ公人たちも、陰に陽に後押しをしてきた本なのだが、歴史修正主義的な内容の是非を論じる以前に、Wikipediaをはじめとした各種資料からの盗用が多数見つかり、商品の体をなしていない。にもかかわらず、百田はその事実に居直った。『日本国紀』については、日本中世史学者の呉座勇一ら専門家が的確な批判をなしているが、当初からこの問題を追究してきた作家の津原泰水が、『日本国紀』批判を理由に幻冬舎から予定されていた自分の小説『ヒッキーヒッキーシェイク』の文庫化の中止を言い渡される事件が起こった。それればかりか、社長の見城徹自ら、ソーシャル・ネットワーキング・サービス（SNS）上で、広く「この本は売れない」と晒し上げるかのように、作家に無断でこれまでの実売部数を公開するという仕打ちをなした。

見城社長の振る舞いをめぐって、出版関係者は騒然となった。このとき、いち早くSNS上で批判の声を上げた者の一人が葉真中顕で、受賞スピーチにおいても、出版社と作家の信頼関係や情報の非対称性を無視していると指摘しつつ、「本音とされる部分を露悪的に暴露して、誰かを馬鹿にすること、差別することを喜ぶような風潮や空気は間違いなく存在してしまっている」との懸念を示した（「朝日新聞」二〇一九年五月二八日号）。

二〇一八年に「新潮45」がLGBTなどの性的少数者を「痴漢」と同一視して中傷する差別記事を掲載したという事件があった。「新潮45」は批判を受けて廃刊したものの、あからさまな差別煽動を支持する声はいまだ根強い。最近では日韓関係が悪化するにつれ、地上波TVや大手週刊誌までもが、露骨な嫌韓報道で数字を稼いでいる。性的少数者へ向けられる現代の差別は、そのアイデンティティを否定し、積極的差別是正策《アファーマティヴ・アクション》を「利権」だと言い張る意味において、民族的マイノリティへ向けられる差別と似通っているのだ。

実際、丸山穂高衆議院議員は、アイヌ協会が「アイヌを認定」し、アイヌの就学資金について「利権」で「逆差別」を生むと国会で主張していた。丸山の主張は事実無根なのだが、『日本国紀』の編集を担当した有本香は、二〇一九年四月に成立したアイヌ施策推進法に反発する形で、アイヌ民族に「和人」が行った歴史的な抑圧を否定し、丸山発言を擁護してみせた(「夕刊フジ」二〇一九年二月二二日号)。

アイヌ施策推進法は、アイヌを「先住民族」と規定し、差別撤廃をも条文に盛り込んでいる反面、先住権や自己決定権についての明記がなく、日本政府による「謝罪」の要素がないのに「管理」を強調するという批判が、テッサ・モーリス゠スズキら識者からも出ている(二〇一九年三月十九日、北大開示文書研究会での講演にて)。いわば「板挟み法案」なのであり、差別禁止規定を有効なものにするために不断の努力が求められている。

例えば、二〇一九年九月には日本会議北海道支部が、アイヌの民族性を否定し差別を煽動する本を書き続けている者や、SNSで連日のようにアイヌを侮辱し続けている元北海道議会議員を招いた差別講演会を、札幌市の白石区で開催した。「アイヌ施策推進法」第四条の差別禁止規定に違反する内容なのは明白で、短期間で二〇〇〇を超える反対署名が集まった。にもかかわらず、札幌市は使用許可を取り消さなかったという事実がある。

●特高となった「アイヌ」を描く『凍てつく太陽』

葉真中の受賞作『凍てつく太陽』は、和人の父とアイヌ民族の母を持つ特高警察の巡査である主人公が、一九四四年、「大日本帝国随一の軍需工場の密集地帯であり、兵器の製造拠点」であった室蘭のタコ部屋に、「半島出身の朝鮮人」を装って潜入する場面から幕を開ける。主人公は、飯場内では日本語で育てられたから日本語の方が得意だと偽って、そこで過酷な労働に従事させられる朝鮮人たちの信頼を集めながらも、密かに脱走計画を進めていた「仲間」を土壇場で裏切り、治安維持法違反の廉で逮捕する。その後、主人公自身も殺人事件の濡れ衣を着せられ、自らが陥れた朝鮮人らの収監された網走刑務所へ投獄されるのだが……。

本作は広い意味でのミステリ(推理小説)という形式を踏襲しているが、トリックなどパズル要素にさほど重きが置かれているわけではない。クライマックスは、本書が、ブライアン・オールディス「リトル・ボーイ再び」(邦訳、SFマガジン、一九七〇年)など、冷戦期に書かれた〈原爆文学〉（参考：川口隆行編『〈原爆〉を読む文化事典』青弓社、二〇一七年）の系譜を踏襲するがごとき壮大な展開を見せるものの、それが「惑星思考《プラネタリティ》」にまで高められているかと問われれば、意見が分かれるところだろう。やはり中心に置かれ読者を惹き付けるのは、登場人物らが織りなす民族的マイノリティをめぐる葛藤の描写で、それはミステリとしての〝大ネタ〟にも密接に関わってくる。

主人公の父親は北海道帝国大学を出た農学者で、アイヌの村において農業を指導し、「アイヌ学校」の教師として子どもたちをも教えた。が、いくらアイヌに慕われたとしても、その仕事は同化政策や皇民化教育の枠組を出るものではなく、結果としてアイヌの狩猟文化を破壊し、言語を奪うことにもなった。このような矛盾を内面化した息子世代の主人公は、自ら特高に志願して採用される。フィクションでは悪役として出てくることが多い特高側の視点を大胆にも主人公に採用することで、作劇にダイナミズムが与えられているわけだ。各種選評や書評においても、「主人公が次々苦難に直面して読者を飽きさせない王道のエンタメ小説でありながら、同時に民族や戦争について、深く考えさせる内容になっている」（深水黎一郎の日本推理作家協会賞選評）と、民族性をめぐる主人公の葛藤を「エンタメ」にまで昇華させたところが評価のポイントになっていた。

●『ゴールデンカムイ』がもたらした磁場

しかし、なぜこうした「エンタメ」が広く人気を集めたのだろうか。葉真中が意識したかどうかはともかく、作品が受容されるための地ならしには、アニメ化も手伝って人気を博した野田サトルのコミック『ゴールデンカムイ』（集英社、二〇一四年～）が大きく手伝っているだろう。現に、北海道は二〇一八年度の予算に、白老町に開設予定の「民族共生象徴空間」（ウポポイ）に、事業費として四億円を計上し、うち三六〇〇万円を『ゴールデンカムイ』を用いた刊行キャンペーン費用に充てている。ただし、ウポポイは同時に、盗掘の被害に遭い、現在は北大をはじめとした各研究機関で保管された遺骨を移管する施設ともなっているのだが、「研究」と「祭祀」を同時に行う施設というのは、いかにも無理があろう。多くの報道や批評では、そこが深く追究はされていないのが現状だ。

『ゴールデンカムイ』は、著名な研究者の中川裕（千葉大学名誉教授）がアイヌ語監修を手掛けることで、かねてより繰り返されてきた「エンタメ」によるアイヌ文化の「収奪」を繰り返さないよう、配慮がなされている。同時期には、森和美『エシカルンテ』（講談社、二〇一四～一五年）のように、一九五二年の美馬牛をモデルにした野致雨に入植した開拓農家を、地元の馬頭観音信仰まで踏まえた綿密な考証によって描く漫画も発表されていた。『エシカルンテ』にも、太田満がアイヌ語監修に参加するなど、周到な準備が見受けられるものの、商業漫画では地味すぎるとみなされたのか、単行本にして、わずか二巻で打ち切られてしまった。

『ゴールデンカムイ』のヒットの大きな要因に、差別される「かわいそう」な存在じゃない、「カッコいい」存在としてアイヌを描いていることが挙げられる（「朝日新聞」二〇一八年七月一三日号）。これは野田サトルが取材したアイヌからのアドバイスに由来するというが、現に、山科清春が指摘するように、『ゴールデンカムイ』は「冒険活劇漫画としての純度を上げるため」、当時のアイヌの人々が受けた差別や経験を示唆しながら、あえて掘り下げないという選択をなしている（『ゴールデンカムイが描かない「アシリパの妹たち」の苦難と明日』シミルボン、二〇一六年）。

『ゴールデンカムイ』は関連本も多数出版され、計良智子『フチの伝えるこころ』（新装版、寿郎社、二〇一八年）等の資料を参考にしたアイヌ料理をめぐる描写の充実からも、アイヌ文化への導入として一定の役割を果たしていると言われる（アイヌ料理店への来場者が増えたとも報じられた）。少なくない読者がその磁場のもとで『凍てつく太陽』を手にとったのは、まず間違いないところだろう。

●民衆史の達成が投げかける問い

ただし、『ゴールデンカムイ』とは異なり、『凍てつく太陽』は差別を正面から掘り下げている。とはいえ、それはあくまでも、制度としての「エンタメ」のなかの話で、それが本作を「惑星思考」と呼ぶのを躊躇させる原因である。同書の参考文献には、荻野富士夫『北の特高警察』(新日本出版社、一九九一年)が挙げられており、一定の調査をふまえたことがわかるものの、『凍てつく太陽』の主人公のような経歴で、そもそも特高警察に採用されて自由な活動を許されたのかというと、皆無との断言こそできないが、説得力を欠く。

『北の特高警察』によれば、『凍てつく太陽』に書かれている時期は、強制連行させられた朝鮮人労働者の逃亡を阻止するために「内戦警察」が大量動員された時期にあたるが、実はその十年ほど前の一九三二年に旭川・豊栄互助団が特高警察に「要注意団体」として指定されて監視対象となったのを皮切りに、アイヌ民族は総じて、陰に陽に圧力をかけられてきた。白老のアイヌであった森竹竹市も、一九三六年に特高の視察を受けたという(堅田精司「治安維持法と上川地方の農民運動」、一九九五年)。

また、石純姫『朝鮮人とアイヌ民族の歴史的つながり』(寿郎社、二〇一七年)などの研究を見るに、タコ部屋労働から逃亡した朝鮮人を、同じ民族的マイノリティであるアイヌ民族がかくまった事例は少なからず見受けられるが、アイヌが朝鮮人を裏切って官憲に突き出した事実は無きに等しい(逆に、和人が突き出した事例は多々ある)。アイヌの伝統的な倫理観《エートス》に悖る振る舞いだからと推察される。ゆえに、『凍てつく太陽』の主人公のように、そもそも自らの「アイヌ」というルーツを強く意識した者が、職務のために平気で朝鮮人を裏切るという設定には、いかにも「エンタメ」的な飛躍があるのではないか。

こうした飛躍は良くも悪くも、戦後の北海道史研究とは異なる文脈で、作品が紡がれるようになったことを意味しているのではないか。田中修「資本主義確立期北海道における労働形態——囚人労働を中心として」(一九五五年)のように、開拓史の「暗部」に本格的な光を当てる論文が早くから書かれていたが、「北海道百年」(一九六八年)の開拓史観へのカウンターとして『はたらくものの北海道百年史』(労働旬報社、一九六八年)が編まれ、一九七三年頃から「民衆史掘りおこし運動」が興隆してくる。

タコ部屋労働を扱った文学作品にしても、戦前においては、出し直すたびに発禁になった沼田流人『血の呻き』(一九二三年)のように経験者が自らの壮絶な体験を小説化したものか、羽志主水「監獄部屋」(一九二五年)など同時代の報告を資料とし、普遍的な問題として非人道的な奴隷労働の残酷性を告発するものが確認できる。

しかし戦後に入ると、小檜山博『黯い足音』(集英社、一九七九年)のように、小池喜孝『常紋トンネル』(朝日新聞社、一九七七年)のような「民衆史掘りおこし運動」の成果に、深く依拠して創作された小説が発表されるようになってくる。いま「黯い足音」を読むと、そもそも「民衆史掘りおこし運動」が、大文字の政治史・事件史とは異なる社会史に着目するという意味での文学的課題を引き受け、演劇と連携しようとしていたのに対し、純然たるフィクションでそれ以上の達成がなしえているのか、という疑問が必然的に浮かび上がる。金重明『幻の大国手』(新幹社、一九九〇年)のように、朝鮮人の強制連行を軸にチャンギ(朝鮮将棋)や数学のモチーフ、「貝沢」というアイヌが語る差別の実態を、冒険小説のスタイルで当事者性を引き受けながらまとめあげた名作もあるにはあるが……。

北海道初の治安維持法弾圧事件である集産党事件に関係した者らの四十年後を描く小説「残党」(「北見文学」一〇号、一九六七年)を書いた菅原政雄は、「残党」での問題意識を享けて事件の顛末を総合的にまとめたノンフィクション『集産党事件覚え書き』(自家版、一九八七年)を完成させた。二〇一八年に群像新人文学賞を受けて芥川賞候補となった北条裕子「美しい顔」が、3・11東日本大震災に取材した複数のノンフィクションの描写をそのまま小説に「無断引用」した事例は、そのような批評性が不足していたと言うほかない。

●『熱源』が描く「生存の歴史」

3・11東日本大震災と民衆史的な視座を併せもった小説としては、津島佑子『ジャッカ・ドフニ』(集英社、二〇一六年)が挙げられる。同書については拙著『反ヘイト・反新自由主義の批評精神』(寿郎社、二〇一八年)で詳しく論じたが、同書で重要なモチーフになる北方少数民族ウィルタ(オロッコ)のダーヒンニェニ・ゲンダーヌは、川越宗一『熱源』(文藝春秋、二〇一九年)でも、重要な役割を果たしている。

『熱源』は、サハリン(樺太)という土地をめぐる歴史と政治に焦点を当てた小説だ。注目されるのはサハリン・アイヌだ。同じアイヌ文明圏のなかでも、北海道や千島のアイヌ民族とは異なる文化を育んできた彼らを、『熱源』はその核に置いている。日本やロシアの帝国主義に引き裂かれた彼らは、弱肉強食の「摂理」に淘汰された「滅びゆくもの」なのか。その種の「摂理」に、根源的な闘争を挑んだ小説なのだ。

冒頭、第二次世界大戦で一〇七人もの敵兵を射殺したソ連軍の女性兵士の回想から、ヤヨマネクフ（山辺安之助）の暮らす北海道・石狩の対雁《ついしかり》にまで、時間は六十年あまりも遡る。対雁とは、千島樺太交換条約で故郷を追われた八〇〇人超のアイヌが暮らした地だが、天然痘とコレラの蔓延によって、三〇〇人を超える死者を出した。樺太の頭領バフンケは、樺太では疫病を避けるため、村は人口二十人を超えれば多いほうだったと小説で語る。移住がなければ、これほどの悲劇は起きなかったのだ。病で死にゆく妻から、弦楽器トンコリの演奏法を教わるヤヨマネクフの描写は凄絶だ。彼は後に「アイヌ全員が馬鹿にされる」のを避けるため、白瀬隊の南極探検に志願し、パトロンの大隈重信に、「（自分たちが）滅びるってことはなかなかない」と、自分たちの民族が「生存」してきたことを力強く宣言する。

小説のもう一つの軸は、政治犯としてサハリンに流刑されたポーランド人ピウスツキだ。彼は、サハリンに暮らしていた少数民族のギリヤーク（ニヴフ）や、サハリン・アイヌと交流を深め、彼らの風習を論文にまとめることで、学者として認められるようになる。ピウスツキはバフンケの姪チュフサンマと結婚し、子宝にも恵まれるが、日露戦争やポーランドの独立戦争により、家族との離別を余儀なくされる。

このあたり、ピウスツキをめぐるエピソードに自らと妻の人生を重ね合わせた花崎皋平の詩作品『チュサンマとピウスツキとトミの物語』（未知谷、二〇一八年）と併せ読めば、ピウスツキが英雄化されすぎという憾みがあるものの、『熱源』はニヴフの少年インディンや二葉亭四迷との交流など、史実の登場人物とのやりとりが相応の厚みを持って描かれているとわかる。自然を過剰に他者化せずに済むからか、叙事詩というスタイルは近年の北海道文学でしばしば採られており、小樽詩話会が製作した花崎の『アイヌモシリの風に吹かれて』（第四三回小熊秀雄賞作、小樽詩話会事務所、二〇〇四年）は、戸塚美波子『一九七三年ある日ある時に』（創映出版、一九八一年）で扱われた伊達火力発電所建設の反対運動を題材にしている。釧路湿原の入植者たちを詠った堤寛治『冬の雷光』（緑鯨社、二〇一九年）のような傑作もある。叙事詩と対になるスタイルとして、神谷光信『評伝　和田徹三』（沖積舎、二〇〇一年）で語られる形而上詩の伝統も見過ごせず、水出みどり『夜更けわたしはわたしのなかを降りていく』（思潮社、二〇一七年）もその流れで読める。「ウロボロスの蛇」をモチーフにした澤井繁男の『安土城築城異聞』（未知谷、二〇一九年）は、叙事詩と形而上詩の発想を折衷させたかのような小説だ。

『熱源』で扱われる（大きく分けて）二つの流亡を繋ぐキーパースンとしては、『樺太アイヌ叢話』（北海道出版企画センターにて一九八〇年再録、一九二九年）を書いた千徳太郎治が位置づけられている。そうすることで、事項の羅列だけでは関連が見えない細部に一貫性と、血肉がもたらされているのだ。

バフンケの墓は掘り返され、遺骨は北大の研究資料となっていた。土橋（平村）芳美は、自らの祖先であるアイヌのペンリウクの遺骨が盗掘の被害にあったことを、ペンリウクの一人称を借りた詩『痛みのペンリウク』（草風館、二〇一七年）で告発している。二〇一八年、土橋の「ペンリウク　バフンケ　二十六時のペウタンケ」が北大で朗読されるなどの試みが手伝ったのか、バフンケの遺骨は子孫に返還される見通しと報じられたものの（「毎日新聞」二〇一八年七月二一日）、二〇一九年九月時点で返還には至っていない。

●『ミライミライ』のシミュレーション

「民衆史掘りおこし運動」を生んだ批評意識と、「惑星思考《プラネタリティ》」を癒合させることはできるのだろうか。意外なことに、北海道で直接取材していない作品にも、優れた達成は確認できる。冷戦期においてブームになった架空戦記では、しばしばソヴィエトとの地政学的な緩衝地帯としての北海道が扱われてきた。それは社会の無意識の緊張を反映したものであったのかもしれないが、ウォーゲーミング由来の戦略論的なシミュレーションとしては一定の説得力を持つものもあった（佐藤大輔『主砲射撃準備よし！――仮想戦略論』トクマ・ノベルズ、一九九三年など）。

けれども、二〇一九年五月に、丸山穂高が、ビザなし交流で滞在していた国後島で泥酔した挙げ句、北方領土を「戦争で取り返す」との問題発言を行い、日露外交を危機に陥れたという事件は、戦略論的な発想をはるかに上回る（下回る？）荒唐無稽な政治が、「リアル」に行われている現状を証し出してしまっている。

そうした状況に対する「同毒療法」として、優れた作家的直観を示したのが、古川日出男『ミライミライ』（新潮社、二〇一八年）だ。作家は沖縄の状況を意識し、それを反転させるように、もう一つの北海道史をシミュレートした。第二次世界大戦末期にソ連軍が北海道に侵攻して占領を続け、大日本帝国憲法に代わる新憲法が施行される際、天皇制は廃止され、日本には共和制が敷かれた。一九五二年のサンフランシスコ平和条約において、日本はインドとの連邦国家として独立を成し遂げる。こうした政治的な大枠に相対する「個」の原理として、外来文化としてのヒップホップを軸に、アイヌ語すら取り込みながら抵抗の原理として再編成させたニップノップという音楽が歌われる。「俺は北海道なんて代表してない／札幌を代表しない　ただ野の狐　の　キツネ」と、動物のモチーフを前景化させることで、人間中心主義を相対化させながらも、オリジナルとコピー、過去と未来を混濁、反転させていく。『ミライミライ』は、「狐」のほかに「羆」のモチーフも登場するが、片岡翔『あなたの右手は蜂蜜の香り』（新潮社、二〇一九年）のように、羆との共生を描く北海道文学も広く読まれるようになった。「惑星思考《プラネタリティ》」の鍵は民衆史の再興とシミュレーションの応用、人間中心主義の脱却、植民地主義への批判意識、異質な他者との共生にこそあるのだろう。

あとがき

岡和田　晃

エキゾチックな「外地」としてのみ北海道を捉えるのではなく、そこにしかない固有性を、普遍性にまで昇華させるものとして、本書では「北海道文学」を提示し直した。

ゆえに本書の論点は、狭義の「文学」を核に据えたものの、より広い意味での各種「文学」的メディアへ、いくらでも連結できるものになっている。二〇一九年九月末までに出たものを扱ったが、辞書的な網羅性ではなく、読者一人ひとりが自分なりの「現代北海道文学論」を考えるための批評、その再生を目的にしている。

私の専門の一つであるロールプレイングゲームの歴史を例に出してみよう。岩見沢市にあり、後に札幌へ移ったキラメキ社（現在は活動停止）は、『BLADE & WORD　剣と言霊』（一九九〇年）、『戦国霊異伝』（一九九三年）、『アコースティック・リーフ』（一九九五年）といったＲＰＧ作品を早い時期に出している。世界的に興隆を見せるインディゲーム勃興に先鞭をつけたものと再評価できよう。

「北海道文学」を正面から扱った「北海道新聞」での連載とその単行本化は、『物語　北海道文学盛衰史』（一九六七年）以来、約半世紀ぶりと先に書いたが、そうした真空の「圧」を「惑星思考」へ置換させていきたい。

本書の土台となった第一部～第三部を「北海道新聞」に連載した際には、北海道新聞社の古家昌伸氏のお世話になった。厳しい査読と改稿要請に対し、文句一つ言わずに応じてくれた執筆者たちにも、改めてお礼を申し上げる。また、土肥寿郎氏をはじめ『北の想像力』の担当者の方々、北海道立文学館で開催した川村湊氏との対論の来場者や関係者にも感謝したい。

補遺の収録原稿は初出時、中館寛隆（フリー編集者）、久才秀樹（北海道新聞社）、藤井一乃（思潮社）、遠藤みどり（思潮社）、村田優（図書新聞）、研生英午（「鹿首」）、鈴木沙巴良（共同通信社）ら各氏のお世話になったものだ。

なにぶん文学書が売れない時代、単行本化を引き受けてくれる版元を探すのは困難を極めたが、藤田印刷エクセレントブックスの藤田卓也社長が手を挙げて下さったときは、飛び上がらんばかりに嬉しかった。藤田卓也社長が広く、北海道の文学・文化の「縁の下の力持ち」を続けてこられたのを私は知っていたからである。実際、煩瑣な編集作業へ献身的に応じて下さった。

最後に、本書をお読み下さった方々へ謝意を表したい。本書は広く文学と批評の再生宣言でもあり、読者とのコミュニケーションを通じ、「惑星思考」を少しでも広げていくことを目的としているからである。

初出一覧＊執筆者

「惑星思考」で風土性問い直す時＊岡和田晃（「北海道新聞」夕刊全道版〈文化〉、二〇一五年四月二一日）
円城塔――事実から虚構へダイナミックな反転＊渡邊利道（「北海道新聞」夕刊全道版〈文化〉、二〇一五年五月二一日）
山田航――平成歌人の感性の古層に潜む「昭和」＊石和義之（「北海道新聞」夕刊全道版〈文化〉、二〇一五年六月一九日）
池澤夏樹――始原を見つめる問題意識＊宮野由梨香（「北海道新聞」夕刊全道版〈文化〉、二〇一五年七月二四日）
桜木紫乃――「ごくふつう」の生 肯定する優しさ＊渡邊利道（「北海道新聞」夕刊全道版〈文化〉、二〇一五年八月二一日）
村上春樹――カタストロフの予感 寓意的に描く＊倉数茂（「北海道新聞」夕刊全道版〈文化〉、二〇一五年九月二四日）
佐藤泰志――「光の粒」が見せる人の心の揺らぎ＊忍澤勉（「北海道新聞」夕刊全道版〈文化〉、二〇一五年一〇月二八日）
外岡秀俊――啄木短歌の言葉の質 考え抜き＊田中里尚（「北海道新聞」夕刊全道版〈文化〉、二〇一六年二月二三日）
朝倉かすみ――故郷舞台に折り重なる過去と現在＊渡邊利道（「北海道新聞」夕刊全道版〈文化〉、二〇一五年一一月二〇日）
山中恒――小樽で見た戦争 自由の尊さ知る＊松本寛大（「北海道新聞」夕刊全道版〈文化〉、二〇一五年一二月二三日）
桐野夏生――喪失の果て 剝き出しで生きていく＊倉数茂（「北海道新聞」夕刊全道版〈文化〉、二〇一六年一月二六日）
桜庭一樹――孤立と漂流　流氷の海をめぐる想像力のせめぎ合い＊横道仁志（「北海道新聞」夕刊全道版〈文化〉、二〇一六年五月二七日）
河﨑秋子――北海道文学の伝統とモダニズム交錯＊岡和田晃（「北海道新聞」夕刊全道版〈文化〉、二〇一六年三月二四日）
山下澄人――富良野と倉本聰 原点への返歌＊東條慎生（「北海道新聞」夕刊全道版〈文化〉、二〇一七年一一月一日）
今日泊亜蘭――アナキズム精神で語る反逆の風土＊岡和田晃・藤元登四郎（「北海道新聞」夕刊全道版〈文化〉、二〇一六年八月二五日）
荒巻義雄――夢を見つめ未知の世界へ脱出＊藤元登四郎（「北海道新聞」夕刊全道版〈文化〉、二〇一六年七月二七日）
「コア」――全国で存在感 SFファンジンの源流＊三浦祐嗣（「北海道新聞」夕刊全道版〈文化〉、二〇一六年九月二八日）
露伴と札幌農学校――人工現実の実験場＊藤元直樹（「北海道新聞」夕刊全道版〈文化〉、二〇一七年九月二九日）

佐々木譲――榎本武揚の夢「共和国」の思想＊忍澤勉（「北海道新聞」夕刊全道版〈文化〉、二〇一六年一〇月二一日）
平石貴樹――漂泊者が見た「日本の夢」と限界＊巽孝之（「北海道新聞」夕刊全道版〈文化〉、二〇一六年一一月二五日）
高城高――バブル崩壊直視 現代に問いかける＊松本寛大（「北海道新聞」夕刊全道版〈文化〉、二〇一六年一二月二一日）
柄刀一――無意味な死に本格ミステリで抵抗＊田中里尚（「北海道新聞」夕刊全道版〈文化〉、二〇一七年一月二六日）
渡辺一史――「北」の多面体的な肖像を再構成＊高槻真樹（「北海道新聞」夕刊全道版〈文化〉、二〇一七年六月二七日）
小笠原賢二――戦後の記憶呼び起こし時代に抵抗＊石和義之（「北海道新聞」夕刊全道版〈文化〉、二〇一六年四月二一日）
清水博子――生々しく風土を裏返す緻密な描写＊田中里尚（「北海道新聞」夕刊全道版〈文化〉、二〇一六年六月二八日）
「ろーとるれん」――「惑星思考」の先駆たる文学運動＊岡和田晃（「北海道新聞」夕刊全道版〈文化〉、二〇一七年三月一日）
笠井清――プロレタリア詩人「冬」への反抗＊東條慎生（「北海道新聞」夕刊全道版〈文化〉、二〇一七年三月二八日）
松尾真由美――恋愛詩越え紡がれる対話の言葉＊石和義之（「北海道新聞」夕刊全道版〈文化〉、二〇一七年四月二六日）
林美脉子――身体と風土拡張する宇宙論的サーガ＊岡和田晃（「北海道新聞」夕刊全道版〈文化〉、二〇一七年五月三〇日）
柳瀬尚紀――地名で世界と結び合う翻訳の可能性＊齋藤一（「北海道新聞」夕刊全道版〈文化〉、二〇一七年九月一日）
アイヌ口承文学研究――「伝統的世界観」にもとづいて＊丹菊逸治（「北海道新聞」夕刊全道版〈文化〉、二〇一七年七月三一日）
樺太アイヌ、ウイルタ、ニヴフ――継承する「先住民族の空間」＊丹菊逸治（「北海道新聞」夕刊全道版〈文化〉、二〇一七年一一月二九日）
「内なる植民地主義」超越し次の一歩を＊岡和田晃（「北海道新聞」夕刊全道版〈文化〉、二〇一七年一二月二七日）
連載「現代北海道文学論」を終えて＊岡和田晃×川村湊（「北海道新聞」夕刊全道版〈文化〉、二〇一八年二月九日）
「現代北海道文学論」補遺――二〇一八〜一九年の「北海道文学」＊岡和田晃　書き下ろし
伊藤瑞彦『赤いオーロラの街で』（ハヤカワ文庫）――大規模停電の起きた世界、知床を舞台に生き方を問い直す＊松本寛大（北海道新聞、二〇一八年一月二一日）
馳星周『帰らずの海』（徳間書店）　時代に翻弄されながら生きる函館の人々＊松本寛大（北海道新聞、二〇一四年九月七日）

高城高『〈ミリオンカ〉の女』（寿郎社）――一九世紀末のウラジオストク、裏町に生きる日本人元娼婦＊松本寛大（北海道新聞、二〇一八年四月二二日）
八木圭一『北海道オーロラ町の事件簿』（宝島社文庫）――高齢化、過疎化の進む十勝で町おこしに取り組む若者たち＊松本寛大（北海道新聞、二〇一八年一一月一八日）
『デュラスのいた風景　笠井美希遺稿集』（七月堂）――植民地的な環境から女性性を引き離す＊岡和田晃（北海道新聞、二〇一八年九月九日）
須田茂『近現代アイヌ文学史論』（寿郎社）――黙殺された抵抗の文学を今に伝える＊岡和田晃（北海道新聞、二〇一八年六月一七日）
麻生直子『端境の海』（思潮社）――植民地の「空隙」を埋める＊岡和田晃（現代詩手帖、二〇一九年三月号）
『骨踊り　向井豊昭小説選』（幻戯書房）――人種、時代、地域の隔絶を超える＊河崎秋子（図書新聞、二〇一九年六月一五日）
天草季紅『ユーカラ邂逅』（新評論）――〈死〉を内包した北方性から＊岡和田晃（鹿首vol.13、二〇一八年一二月）
「惑星思考」という民衆史――『凍てつく太陽』（幻冬舎）、『ゴールデンカムイ』（集英社）、『熱源』（文藝春秋）、『ミライミライ』（新潮社）＊岡和田晃　書き下ろし（但し『熱源』については二〇一九年九月二十六日付けの共同通信配信記事を下敷きに改稿した）＊二〇一九年九月二六日

編・執筆者略歴

〈編者・執筆者〉

岡和田晃（おかわだ・あきら）

文芸評論家、ゲームデザイナー、現代詩作家、幻想文学専門誌「ナイトランド・クォータリー」（アトリエサード）二代目編集長、東海大学・法政大学講師。一九八一年、上川管内上富良野町生まれ。早稲田大を経て、筑波大大学院で修士号を取得。日本SF作家クラブ、日本文藝家協会、日本近代文学会等会員。『「世界内戦」とわずかな希望』（日本SF評論賞優秀賞受賞作を含む、アトリエサード）、『反ヘイト・反新自由主義の批評精神』（北海道新聞文学賞佳作の改題、寿郎社）、『傭兵剣士』（共著・創作、グループSNE）、『掠れた曙光』（詩集、幻視社、茨城文学賞）ほか著書多数。編著に『北の想像力』（寿郎社）、『骨踊り　向井豊昭小説選』（幻戯書房）、共編著に『アイヌ民族否定論に抗する』（河出書房新社）など。

〈各執筆者〉

渡邊利道（わたなべ・としみち）

作家・評論家。一九六九年、愛知県生まれ。中学校卒業後、さまざまな職業を転々とする。二〇一二年に「独身者たちの宴　上田早夕里『華竜の宮』論」で第七回日本SF評論賞優秀賞、「エヌ氏」で第三回創元SF短編賞飛浩隆賞を受賞。日本SF作家クラブ会員。岡和田晃編『北の想像力』に「小説製造機械が紡ぐ数学的《構造》の夢について――《北海道SF》としての円城塔試論」を収録。

石和義之（いしわ・よしゆき）

文芸・SF評論家、東海大講師。一九六二年、東京都三鷹市生まれ。札幌グランドホテル等の勤務を経て東海大大学院修了。日本SF作家クラブ会員。二〇〇九年、「アシモフの二つの顔」で第四回日本SF評論賞優秀賞受賞。共著に『三・一一の未来』（作品社）『しずおかSF　異次元への扉』（財団法人静岡県文化財団）ほか。岡和田晃編『北の想像力』に「北と垂直をめぐって――吉田一穂」「伊福部昭作・編曲『SF交響ファンタジー』」を収録。

宮野由梨香（みやの・ゆりか）

評論家・人類史研究家。一九六一年生まれ。長野県出身。東京都立大大学院修士課程修了。二〇〇八年に「阿修羅王は、なぜ少女か――光瀬龍『百億の昼と千億の夜』の構造」で第三回日本SF評論賞正賞受賞。岡和田晃編『北の想像力』に「「氷原」の彼方へ――『太陽の王子　ホルスの大冒険』『海燕』『自我系の暗黒めぐる銀河の魚』」を収録。

倉数　茂（くらかず・しげる）

作家・評論家、東海大准教授。一九六九年、神戸市生まれ。東大総合文化研究科博士課程修了。博士（学術）。日本SF作家クラブ会員。著書に『名もなき王国』（ポプラ社）『黒揚羽の夏』『魔術師たちの秋』（ポプラ社文庫ピュアフル）『始まりの母の国』（早川書房）『私自身であろうとする衝動』（以文社）。岡和田晃編『北の想像力』に「北方幻想――戦後空間における〈北〉と〈南〉」を収録。

忍澤　勉（おしざわ・つとむ）

フリーライター。一九五六年、東京都生まれ。明治学院大学経済学部卒。二〇一一年に「ものみな憩える」で第二回創元ＳＦ短編賞堀晃賞、二〇一二年に「『惑星ソラリス』理解のために――『ソラリス』はどう伝わったのか」で第七回日本ＳＦ評論賞審査委員特別賞を受賞。日本ＳＦ作家クラブ会員。共著に『原色の想像力２』（創元ＳＦ文庫）等。岡和田晃編『北の想像力』に「心優しき叛逆者たち――佐々木譲の軸の位置」を収録。他に文庫の解説、文芸誌でのインタビューなど。

田中里尚（たなか・のりなお）

文化史家・評論家。一九七四年さいたま市生まれ。立教大学大学院文学研究科比較文明学専攻博士後期課程卒業。博士（比較文明学）。戦後日本の服飾を中心とした文化史について研究している。著書に『リクルートスーツの社会史』（青土社）、共著に『ファッションで社会学する』（有斐閣）、『現代文化への社会学　九〇年代と「いま」を比較する』（北樹出版）。共監訳書に『循環するファッション』（文化出版局）。岡和田晃編『北の想像力』に「迷宮としての北海道――安部公房『榎本武揚』から清水博子『ぐずべり』へ」を収録。

松本寛大（まつもと・かんだい）
ミステリー作家。一九七一年札幌市生まれ。二〇〇九年、第一回ばらのまち福山ミステリー文学新人賞を受賞した『玻璃の家』（講談社）でデビュー。他の著書に『妖精の墓標』（講談社ノベルス）など。本格ミステリ作家クラブ会員。岡和田晃編『北の想像力』に「朝松健『肝盗村鬼譚』論」を執筆。

横道仁志（よこみち・ひとし）
ＳＦ評論家、中世美学研究者。一九八二年大阪生まれ。大阪大学文学研究科博士課程修了（文学）。日本学術振興会特別研究員ＰＤ、慶應義塾大学・大阪大学講師。日本ＳＦ作家クラブ会員。二〇〇六年に第一回ＳＦ評論賞を受賞した「『鳥姫伝』評論―断絶に架かる一本の橋―」でデビュー。博士論文に『権威と理性――ボナヴェントゥラのキリスト教哲学』。岡和田晃編『北の想像力』で「武田泰淳『ひかりごけ』の罪の論理」を執筆。

東條慎生（とうじょう・しんせい）
ライター。一九八一年東京生まれ、和光大表現学部卒。共著に『ノーベル文学賞にもっとも近い作家たち』（青月社）、『アイヌ民族否定論に抗する』がある。未來社ＰＲ誌「未来」に「『挾《はさ》み撃ち』の夢――後藤明生の引揚げ（エグザイル）」を連載（二〇一六年から全六回）。岡和田晃編「北の想像力」に「裏切り者と英雄のテーマ――鶴田知也『コシャマイン記』とその前後」を収録。

藤元登四郎（ふじもと・としろう）
ＳＦ評論家・精神科医。一九四一年宮崎県出身。東大医学部卒、日本ＳＦ作家クラブ会員。二〇一一年「『高い城の男』――ウクロニーと『易教』」で第六回日本ＳＦ評論賞選考委員特別賞受賞。著書に『シュルレアリスト精神分析』（中央公論事業出版）、『〈物語る脳〉の世界』（寿郎社）など。岡和田晃編『北の想像力』に「荒巻義雄の謎」（共著）を執筆。

三浦祐嗣（みうら・ゆうじ）
ＳＦ研究家、『定本荒巻義雄メタＳＦ全集』編集委員。一九五三年札幌市生まれ。北大工学部卒。北海道立文学館「荒巻義雄の世界」展ほか、多数のＳＦ関連イベントやファンジンに参画。「軌道交差」で第一回ＳＦファンジン大賞創作部門を受賞。共著に『科学・知ってるつもり七七』（講談社ブルーバックス）など。岡和田晃編『北の想像力』に「北海道ＳＦファンダム史序論」を執筆。

藤元直樹（ふじもと・なおき）
一九六五年京都生まれ。東大大学院人文社会系研究科文化資源学研究専攻博士課程満期退学。文化資源学会会員。編著に、『戦時下雑誌アンケート索引―一九三六―一九四五における問いと答え』（金沢文圃閣）、共編著に『怪樹の腕〈ウィアード・テールズ〉戦前邦訳傑作選』（東京創元社）、共著に『ジュール・ヴェルヌが描いた横浜』（慶応大教養研究センター）ほか。

巽　孝之（たつみ・たかゆき）

慶應義塾大学文学部教授、ＳＦ批評家。一九五五年東京生まれ、コーネル大学大学院博士課程修了。日本アメリカ文学会第一六代会長。著書に『サイバーパンク・アメリカ』（勁草書房）、『ニュー・アメリカニズム』（青土社）、『モダニズムの惑星』（岩波書店）ほか多数。二〇〇一年、編著『日本ＳＦ論争史』（勁草書房）で第二一回日本ＳＦ大賞を受賞。岡和田晃編『北の想像力』に採録された「第五一回日本ＳＦ大会Varicon 二〇一二『北海道ＳＦ大全』パネル」に参加。

高槻真樹（たかつき・まき）

ＳＦ評論・映画研究者。一九六八年生まれ、立命館大学産業社会学部卒。「文字のないＳＦ――イスフェークを探して」が第五回日本ＳＦ評論賞・選考委員特別賞を受賞。「狂恋の女師匠」が第四回創元ＳＦ短編賞・日下三蔵賞を受賞。著作に『戦前日本ＳＦ映画創世記』『映画探偵』（いずれも河出書房新社）など。岡和田晃編『北の想像力』（寿郎社）に「病というファースト・コンタクト――石黒達昌『人喰い病』論」を執筆。日本ＳＦ作家クラブ会員。

齋藤　一（さいとう・はじめ）

筑波大人文社会系文芸・言語専攻准教授。イギリス文学・冷戦期日本の英米文学者を研究。一九六八年夕張市生まれ。小樽商大卒。筑波大博士課程単位取得退学。博士（文学）。著作は『帝国日本の英文学』（人文書院）、論文は「柳瀬尚紀訳『フィネガンズ・ウェイク一～四』のアイヌ語地名について」（『文藝言語研究　文藝篇』、筑波大学）ほか。

丹菊逸治（たんぎく・いつじ）
北大アイヌ・先住民研究センター准教授。一九七〇年生まれ、千葉大大学院修了、博士（文学）。専門はアイヌ語アイヌ文学・ニブフ語ニブフ文学・口承文芸論。共著に『水・雪・氷のフォークロア』（勉誠出版）『アイヌ民族否定論に抗する』（河出書房新社）ほか。アイヌ語アニメ「オルシペ　スウォプ一・二」（アイヌ文化振興・研究推進機構）監修。岡和田晃編『北の想像力』（寿郎社）に「SFあるいは幻想文学としてのアイヌ口承文芸」を執筆。

川村　湊（かわむら・みなと）
文芸評論家、法政大学名誉教授。法政大学法学部卒。一九五一年、網走市生。日本文藝家協会常務理事、日本近代文学館評議員。「異様なるものをめぐって　徒然草論」で群像新人文学賞評論部門優秀作受賞。『異様の領域』（国文社）をはじめとして著作多数。『川村湊自撰集』（全五巻）を作品社から刊行。『南洋・樺太の日本文学』（筑摩書房）で平林たい子文学賞、『補陀落』（作品社）で伊藤整文学賞、『牛頭天王と蘇民将来伝説』（作品社）で読売文学賞を受賞した。編著に『現代沖縄文学作品選』『現代アイヌ文学作品選』（講談社文芸文庫）がある。他に、近著『ホスピス病棟の夏』（田畑書店）、『ハポネス移民村物語』（インパクト出版会）。

河﨑秋子（かわさき・あきこ）
作家。一九七九年北海道別海町生まれ。二〇一二年「東陬遺事」で北海道新聞文学賞を受賞。『颶風の王』で二〇一四年に三浦綾子文学賞、二〇一六年にＪＲＡ賞馬事文化賞を受賞。二〇一九年『肉弾』で大藪春彦賞を受賞。

現代北海道文学論——来るべき「惑星思考《プラネタリティ》」に向けて

2019年12月15日　第１刷発行

編著者　岡和田 晃　OKAWADA Akira
発行人　藤田 卓也　Fujita Takuya
発行所　藤田印刷エクセレントブックス
〒085-0042　北海道釧路市若草町３－１
TEL　0154-22-4165
FAX　0154-22-2546

印刷・製本　藤田印刷株式会社
装　丁　須田 照生

ISBN 978-4-86538-105-4 C0095